匠心·雅集

孙伟 著

江苏凤凰文艺出版社
JIANGSU PHOENIX LITERATURE AND ART PUBLISHING

图书在版编目（CIP）数据

匠心·雅集 / 孙伟著 .— 南京：江苏凤凰文艺出版社，2024.4

ISBN 978-7-5594-8143-6

I. ①匠… II. ①孙… III. ①中国文学 – 当代文学 – 作品综合集 IV . ① I217.2

中国国家版本馆 CIP 数据核字（2023）第 250666 号

匠心·雅集

孙伟　著

出 版 人　张在健
责任编辑　孙建兵
特约编辑　王晓彤
责任印制　杨　丹
出版发行　江苏凤凰文艺出版社
　　　　　南京市中央路 165 号，邮编：210009
网　　址　http://www.jswenyi.com
印　　刷　保定市铭泰达印刷有限公司
开　　本　710 毫米 ×1000 毫米　1/16
印　　张　13
字　　数　145 千字
版　　次　2024 年 4 月第 1 版
印　　次　2024 年 4 月第 1 次印刷
书　　号　978-7-5594-8143-6
定　　价　79.80 元

热爱自有天地

2022年10月，图书馆几位同仁一起商谈工作时，无意之中聊到作为一名教师应有的心得。孙伟先生说自己有一本相关的书稿，正准备付印，希望我先看看。《左传》有云："太上有立德，其次有立功，其次有立言。"在这个喧嚣的时代，经济发展带来了很多机会，同时也给人们价值观念带来巨大变化，原有的纯粹也被市场规则所裹挟，以致学校这被称为象牙塔的圣洁之地，师生关系也被这些观念所侵蚀。由此，一些教育工作者的职业心理陷入迷茫，价值逻辑陷入混乱，已不知前行的方向。孙伟先生对待所从事的教育始终保持自己的执着与坚守，对待学生培养始终有天地之辽阔情怀，对待工作始终有自己独特的思考与实践，还要用激扬的文字为自己立言，着实令我钦佩。怀着敬仰之心，我认真拜读了这一本凝聚其心血的字字箴言。

文章大都通过案例来阐释自己对教育工作的认知领悟，通过一个个鲜活的场景抒发自己对教育的理解、情怀，通过一行行生动的文字来表达对学生的热爱、关怀。雅集共收录短文56篇，内容涉及劝学、弘文、怀人、师说、追梦、职教、小雅、亲情等八个篇章。翻阅文集，一种真实、生动、新鲜、靓丽的感觉油然而生。一张张鲜活的笑脸、一幅幅生动的画面、一行行鲜明的见解、一句句真挚的话语，既体现一名教师对高职教育工作的期待和执着，又体现出其对教育事业和教育对象的无私大爱。文章中也有莘莘学子对建筑学院三年的深情回顾，饱含着对真情付出的师长们的无限感激与怀念。在这里，既可以看到孙伟先生厚重的工作经验积累，也能够看到建院学子不畏困难上下求索的坚定信念。在烦杂的学习、研究过程中，或沉默，或思考，或渐悟，或感慨，或释然。学习得失，生活喜乐，壮志雄心，侠骨柔情，无不融注于一篇篇凝结心血的文章中。

其实，无论身处何种岗位，每个人都是属于社会的。在纷繁的社会万花筒中，始终胸怀激情，充满向往，将自我锻打得更加刚强的同时，让更多的人与自己一道变得更优秀、更有担当，共同打造前行的命运共同体，是每个社会人的责任。曾子有云："士不可以不弘毅，任重而道远。"只有在真实中发现美、崇尚美，感受人与人之间的温情、集体的力量，才能不断适应社会、改造社会、引领社会，创造人生最大的社会价值。追梦不负青春，奋斗不负韶华。让我们勇立时代潮头，博通古今变化，勇于发出时代先声，多出精品力作，共同担负起新时代教育的光荣使命，谱写出高等教育事业更加华美的精彩乐章。

2023 年 7 月 5 日于徐州玉泉雅筑

（薛深：江苏师范大学马克思主义学院党委书记、教授）

自序

PREFACE

浅墨匠运半称心

岁月不居，时光如流。不觉在苏北的一所高职院校工作 20 多年了。我做过宣传干事、秘书、班主任、教师、编辑，工作部门调了又调，工作岗位换了又换，始终延续不变的，是混在文字圈里，像匠人一样，雕刻、打磨、创新心目中的原创作品，任时光飞逝，与岁月同老。

工作像一根无形的鞭子，抽着你完成了一些急就章，我写过学术论文、领导讲话稿、校园新闻稿、各类型报告，甚至电视专题片脚本等，间或写过一些散文、诗歌，多是抒怀解意，自得其乐。近年来，因萌生结集出版念想，故主动写作了一些文章，甚至我也曾给自己定下了明确的任务量和时间节点，但饶是如此，自个儿抽自个儿的鞭子终究不疼，于是拖拖拉拉，不了了之，像极了我的裹脚布文章——拖沓冗长、不知所云。

借着结集出版的契机，我把这些年来炮制出来的大大小小的“草药丸”重新翻找出来，以今日之我再看十几、二十年前的文章，就像我们看着自己20出头的照片一样，感慨文章有时会和人的年龄一样同老——那时的文笔虽然稚嫩，但那却是我们再也回不去的时光和我们能够回去的记忆。

在入集文章的选取上也颇下了一番功夫，总体坚持文学性和思想性，像消息、通讯、特写、侧记等新闻体裁的，由于新闻的时效性、纪实性以及档案价值，故一概没有入选。有些文章政治性太强，例如评论员文章，多是对学校一个阶段中心工作的解读与鼓劲，也忍痛割爱弃选。文章见思想或许是最有生命力的，就像是做一道菜，当它出现在菜谱中时，是技术性的参数指标及操作规程，但当它以文学性语言表现时，这个菜就有了文化，有了思想。于是，按照“择其精要而从之”的原则，就有了本书的50余篇原创作品。

这些文章大部分都是已经发表过的作品，除少部分发表在外刊上，大部分都投给了校报，或许是顾念校报在新媒体时代发展之难，老报人总有要做点什么的责任感。还有一些文章多为个人生活的小悲切、小确幸，实难登大雅之堂。选在本书首发，是因为感情生活的温情脉脉或爱恨两难，可以稍许冲淡整体文风中所挟带的浓重说教气，很好地起到调节本书“小气候”的作用。

多年编辑工作的职业病也让我在本书编排上动了点心思，打乱了文章发表的先后顺序，从内容上来分类，形成了读书学习、大学文化、教育管理、师德师风、职教改革等八个专题；当然这种分类的科学性略显不足，有些文章的位置有些勉强，好像放这个筐也行，放那个篮也不违和。但我主要看中了这种分类所造就的凌乱美——体裁各异、文风繁复，像是一个喜糖盒里装了多种口味的糖块一样，希望能带给读者多样化的阅读新体验。

扪心自问，在结集出版的冲动和优中选优的思量中，“丑媳妇怕见公婆”的怯意仍时不时在心底翻涌——文章所暴露出的那点可怜的文学造诣、文艺涵养、文化思想，在大方之家眼里实为粗陋浅薄。因为大学里从来不缺少像我这样的一群人，资质平庸，默默无闻，为文字虫而引，以爬格子为业，经年累月，焚膏继晷，术业不精，才能泯众，文章终将和人一样无声无息地湮没在历史的洪流中，但如果能够和千百年来无数籍籍无名的读书人一样，不断化身为中国历史最基础的底色，岂不就是我等知识分子所期待的价值吗？

我更愿意把自己称为一个匠人，就像我国古代的篾匠、铁匠、鞋匠、木匠一样，那就姑且自封自己是一个写匠吧，抑或是一个不务正业的教书匠。工作在职业教育的战线上，面对着永远如晨曦一样的年轻人，文章大抵是离不开就业、创业、劝学、青春、成长、人生、担当、梦想、奋斗等话题，没有大视野，缺少大格局，有的只是一腔育人的豪情和一份人师的责任。在周而复始的年轮中，在职业教育俊彩星驰般的改革发展中，我总是要求“今年的小板凳要比去年做得好一点”，对“豆腐块”亦精雕细琢，灌注一颗匠心，求得一份新意，践行一贯初心。这大概就是《匠心·雅集》的书名由来吧。

幸运的是，我找到了一个合作的搭档，他以精湛的专业艺术水准，精心绘制了水粉画和速写画，造就了文章与绘画艺术相得益彰的生动局面，既湿润了文字，又在一定程度上掩盖了文章氤氲出的匠气。作为在省内享有一定艺术地位的青年画家，他为本书所专门绘制的艺术作品足够单独结集出版，这不仅充分展示了他蓬勃的艺术创作力，更彰显了他谦逊质朴的优良品质。我们的初次合作，可以视作是高职教育视域下教师文化艺术创作的一次实践，对于现代职教体系的构建、类型化高职教育定位都具有一定的开拓意义。

实践是检验真理的唯一标准，是一切文学艺术取之不尽、用之不竭的唯一源泉。虽然书中的个别文章因成文较早略显幼稚，虽然有些文章充塞着大道理，八股气息、教育口吻，但每一篇文章都源自丰富多彩的生活，永远没有脱离高职教育的广阔舞台，永远没有离开朝气蓬勃的大学生群体，永远没有移开关注与思考的教育初心，也从一个侧面迤逦见证了我国高职教育 20 年改革发展的轨迹。感谢这个时代，一个新时代，让我们一起见证了那么多想都不敢想的美好。只有在职业教育的发展春天里，才有了这一朵朵苔花的盛开。

在现代职业教育体系建设改革持续推进，职业教育类型定位持续优化的新时代，高职教育必将在类型教育的定位上产生与之相应的文化生态，拙著的出版如果对高职教育蓬勃的、独特的文化勃兴有所补益，有所推动，亦足矣。

孙　伟

2023 年 3 月 13 日于泉山东麓

目录

壹

劝学篇

QUANXUE PIAN

试着与书籍交友吧，它会倾听你，安慰你，激励你，丰盈你，成就你。

最是阅读能致远

阅读推广是图书馆在全民阅读新时代所提供的读者服务，也是图书馆人的核心工作和育人使命所系。每年秋季学期，为大学生推出“阅读推广月”的营养套餐是图书馆继读书节后策划的又一个重头戏。可有时想想，整个人类几千年的文明曙光是因文字而照见，从阅读而勃发，每个人从小到大求学受教育的过程又何尝离开过阅读呢？然而，在文化书籍极大丰富、阅读权利极大便利的今天，阅读却危险到了需要唤醒、宣传、推广的地步，岂不是巨大的讽刺？“门槛最低的高贵”的美誉背后寄予了阅读推广人多少良苦用心啊。

大学图书馆的图书借阅量逐年下降，大学生阅读风气的衰败以可见的速度加速。从前车马慢，今日网速快。于是，书籍被手机取代，书信被即时交流工具取代，沉思被碎片取代，想象、意境难觅踪影，思想、情感浅尝辄止，价值被放逐，精神光暗淡，阅读确乎到了不得不推广，不得不振臂高呼的时刻。试想，大学生读书的习惯没有养成，读书的风气不够炽热，又如何让全社会蔚然成风呢？大学没有深厚的阅读文化与土壤，整个民族的阅读风尚与文化素质又将如何建成呢？

大学时光是喷薄欲出的红日，令人激怀壮越；同时也是大学生拔节孕穗、厚积薄发、“扣好人生第一粒扣子”的关键时期。每个人都要思考如何更充实，更有意义地度过这人生中转瞬即逝的大学时光，不因虚度光阴而悔恨。试着与书籍交友吧，它会倾听你，安慰你，激励你，丰盈你，成就你。

阅读是帮助你自我调适的法宝。心理学研究表明，新生从紧张的高中生活进入大学生活，一般要经历心理断乳期，表现为人际交往的苦恼、自由安排的无聊、大学生涯规划的茫然、生活自理能力的调适等。为了排遣这“无处安放的空虚”，有的人用打游戏、谈恋爱填补，有的人则用创业挣钱麻醉，有的人醉心于学生干部的光环。不妨读书吧，阅读会让你的内心世界更加丰富而澄明，不会拘泥于个人的“小”我，而会看得见“诗与远方”；阅读会让我们心灵自由而富有想象，当你保持这种超然价值，一切苦恼和无助，计较与不适，就像灰尘一样不足为道。

阅读是你投资成本最低的瑰宝。大文豪苏轼早有“腹有诗书气自华”之烁古名句，看来读书具有养颜之功效是确凿无疑的了。阅读所带来的美不是对人体表皮的涂脂抹粉，而是融入性灵、舂入思想、增强力量、升级思维；阅读所带来的美是由内而外，具有摄人心魄的夺目光芒。阅读是真正的驻颜术，让那可贵的儒雅气质，黀缯大布亦掩盖不住。读书胜过所有的化妆品和整容术，它将赋予你深入骨髓的优雅与从容、温和与知性。大学生朋友们谈恋爱一定不要是无聊之余的填充、寂寞生活的打发，而一定要是内在气质与灵魂的吸引。多来图书馆吧，遇见一个充满书香的人，叙说着图书馆的爱情故事。

阅读是奠定你未来发展的珍宝。功利性的阅读学习是为了学好专业知识，掌握专业技能，提升就业竞争力。无数实例证明，决定一个人发展的往往是思维高度、道德修养、责任意识、忠诚勤奋等非智力因素，这些因素才是决定一个人未来发展高度的成长因子。因此，纯粹的、无功利的阅读显得无比宝贵，尤其在当下这个功利化无处不在的浮躁环境里，“这种纯粹的阅读会给时代带来愉悦，带来休闲，带来想象，带来收获；使人们获得摆脱束缚之后的自由，从烦恼中解脱出来，从功利的包围中突围，从而走出狭隘的小圈子，走向更宽阔的世界。”（蔡先金语）从工匠精神的语境看，中国的工匠精神，从来都强调德技兼修，更是“道进乎技矣”的，道德出了问题，能力将变得邪恶，而阅读会让你找到良善与光明。一个具有工匠精神的人，也必然要经历一段不计较个人利益，始终谦虚进取、阳光智慧、忍耐执着、一丝不苟、严谨务实的岁月历练。这是在大学里奠定的，被阅读所皴染的。

大学，本质上是一个阅读的场所。在全民族危亡的抗战时期，“华北之大，已经安放不下一张平静的书桌了！”今天，我们也要振聋发聩地疾呼，在被网络媒介、消费大潮侵蚀诱惑的校园，我们的心中是否还留有一方静谧的读书空间？大学生朋友们，重新认识阅读吧，让阅读延展我们的视野，充盈我们的灵魂，活跃我们的思想，提升我们的境界。大学生朋友们，重新开始阅读吧，让阅读成为你的生活习惯，成为伴随一生的生活方式，让我们畅享“无用”之“大用”，逐渐锻造成为对国家“有用”之人。

2021 年 10 月

给幸福扫码

从古至今，月亮隐喻着着中国人骨子里的浪漫与洒脱，也缱绻着中国人心弦上的相思离愁。月亮意象在西方文化中还有另外一个含义——崇高的理想追求和美妙的精神境界，这是《月亮与六便士》所传递的文化信息，尽管文中几乎没有一处写到月亮——我自然没有去做这个寻章摘句的考据功课，但文中却多次写到了黑夜，只有星星的夜。小说中不仅没有出现“月亮”，也同样没有“便士”，反而出现了“先令”“法郎”，为什么小说的书名不是“星星与六先令”“椰树与六个法郎”呢？公认的研究认为，这个书名的灵感来源于《泰晤士报》对毛姆另一部小说《心灵的枷锁》中的男主角的评论：“和许多年轻人一样，为天上的月亮神魂颠倒，对脚下的六便士视而不见”。这揭示了作者毛姆以高更为艺术原型所创作的思想主旨，“月亮与六便士”所指代的理想与生活的时代讨论直到一百多年后的今天仍具有现实的意义。

书名与内容各说各话的分裂，颠覆了固若金汤的传统写作观念，但是以毛姆“用双行体撰写德育故事”的风格来看，这个书名恰恰像一个通过神秘世界的密码，揭示了他内心真正所要表达的东西。表面上看到的是“月亮”与“六便士”的并列组合，但在毛姆的思维深处却有着立场的指向、好恶的评判和价值观的褒贬——天上的月亮，皎洁清白，象征着灵魂的高贵、梦想的崇高、心灵的恬淡、精神的追求、斯特里克兰和亚伯拉罕所甘之如饴的清贫；脚下的六便士沾灰染尘，象征着世俗的铜臭、市井的粗鄙、人心的狡诈、皮囊的肮脏，即便你过上了如卡迈克尔一样奢华优渥的生活。

千百年来，在歌颂与鄙夷之间，理想成了不可方物的神秘玄机，生活成了精于算计的鸡虫得失。二者像得了洁癖一样泾渭分明，甚至互相毁灭。读完小说，我却读到了另外一个感受，用今天流行的话来说，你问我看到了什么，我说我看到了“幸福”。主角斯特里克兰从一个中产阶级的股票经纪人变成南太平洋小岛上和土著人生活在一起的“红毛子”，他抛家舍业、离经叛道地追求绘画的幸福。几乎书中出现的用以丰满克里斯克兰一生的所有“出场人物”，其实也在低调地、不事张扬地向每一个读者晒着他们的幸福。这种幸福来自流民的尼科尔斯船长的“妻管严”生活，来自鲜花酒店老板娘约翰逊太太的美食、美酒与俊男的生活，还来自犹太商人科恩以及库特拉医生的扶危济困的生活。尼科尔斯船长是以斯特里克兰知情人的身份主动搭讪小说中的“我”的，他和斯特里克兰在法国马赛相依为命，住夜间收容所，领救济粮，酒吧打架，混吃混喝，这几个月“紧张粗野、狂放激烈、多姿多彩和充满活力”的生活，让身为作家的“我”都感叹：“这让我认识的马赛，那个热闹而阳光、酒店非常舒适、餐厅坐满富人的马赛，变得黯然失色和不足为奇。”但在我看来，对尼科尔斯船长本人的生活描写才是小说最精彩的部分。尼科尔斯和“我”在酒店露台上聊天时，他发现他的老婆从外面的马路走过来：“她也不喊尼科尔斯，根本没有任何迹象表明她注意到尼科尔斯的存在，只是不动声色地走来走去。”这时候，尼科尔斯就很奇怪地感到浑身不舒服，于是，他看看手表就要和“我”告别了，毛姆又忍不住讥诮的风格：“这个时候俏皮话和威士忌都留他不住。”或者只要他的孩子尖着嗓子说妈妈找他时，他也总是立刻站起来，顺从地拉着孩子走回家。这种精神战胜物质的幸福感岂不就是毛姆在斯特里克兰身上所要极力表达的吗？

布鲁诺船长的故事又在告诉我们，幸福不只来自心中高远而圣洁的理想，幸福也可以来自于烟火气的生活。布鲁诺船长和他的妻子依靠双手，辛勤劳动起早贪黑，把一座荒岛变成了花园，他们教两个孩子学习，他们计划着买艘帆船，他们憧憬着回到布列塔尼的老家叶落归根安享晚年。他说："我们的生活朴素而单纯。我们没有野心，就算有点骄傲，也是因为想起了自己双手创造的劳动成果。怨恨和我们无缘，嫉妒也是。……我确实是个幸福的人。"生活的理想就是理想的生活，他表达欲望的方式是生活，正如斯特里克兰表达欲望的方式是绘画，殊途而同归，心安即吾乡。这些芸芸众生的幸福才是普遍意义上的幸福。它告诉我们，幸福不是只有一种颜色，幸福没有唯一的模式。每一个人都有权利去追求属于自己的幸福，六便士里也有洋溢的幸福感。每一份幸福都是值得珍视的。

今天，我们来给幸福扫码，提职加薪、添丁进口的是幸福，有家回、有人等、有饭吃的难道不也是朴素的幸福吗？权力煊赫、功成名就的是幸福，"苦尽甘来人自省，平平淡淡悟一生"又何尝不是一种幸福呢？事实上，以毁掉生活为代价的理想实难言幸福，没有理想追求的生活也是低质量的生活。幸福啊，既融通了理想和生活，又让二者有了共同的目标指向。

幸福都是奋斗出来的，只要感恩奋斗的岁月和身边人的相伴，我们都是幸福的人。

遥望心中的满月，襟怀纳百川，志越万仞山；低下头，我们前进的每一步都要坚定、坚实地踩在大地上。

2022 年 6 月

山青花自开

日前，复旦学霸孔同学图书馆一年打卡1424次上热搜的信息在朋友圈传开，读罢心有所感。孔同学的打卡不是“到此一游”的赏心怡情，而是发奋学习的“心无旁骛”。高校图书馆的座位预约制提高了入馆次数，这种应对图书馆资源紧张的通常做法恰恰说明了孔同学不是“一个人在战斗”，还有风雨无阻爱学习的潘同学，在馆天数301天；最爱泡图书馆的陈同学，在馆时长2325.5小时，医科馆早鸟李同学，168次开馆就来；医科馆夜猫王同学，225次学到闭馆；医科馆猫头鹰郭同学，167次学到凌晨才离开；最长情的张同学，预约同一个座位159次。这个事实启示我们，比我们聪明的人还比我们更努力，比我们优秀的人还比我们更勤奋。我们还有什么理由去虚掷时光，挥霍青春？孔同学的例子难道不让我们很多同龄人更加羞愧难当与、无地自容吗？

北大一位校长曾经说过这样一句话，大学生要结交两个朋友，一个是运动场，一个是图书馆：到运动场去强身健体，展现自己的朝气活力，到图书馆去博览群书，充实自己的思想内涵、涵养智慧力量。可是我们身边的很多大学生朋友却充耳不闻、我行我素，刀枪入库、马放南山，不仅完全忘记了这两个久等的朋友，更是本末倒置，把学习的主业抛之脑后，在挣钱、恋爱、玩游戏的道路上放任自我。据我对“皇家大建院”图书馆的了解，有的大学生朋友 3 年没来过几次图书馆，没借过几本书。我不止一次地梦想着这样一幕，图书馆大门甫一打开，等候多时的大学生蜂拥而入的壮观景象。

衍化一句流行语：你来与不来，图书馆都在这里。能够指挥你的腿迈向哪里的只能是你的头脑，决定你来馆的动力内因只在于你自己。人生是一场马拉松，高考从来不是一个人命运的主判官，不过是不小心跌了一跤而已，跌倒一下就一蹶不振的人是精神上的懦夫。从你迈入大学校园的那一刻起，你就应该明白，父母的使命已经完成，你未来的人生道路主要靠你自己去一点一点实现。奋斗的青春最美丽，拼搏的人生最精彩。仰望星空的梦想属于每一个人，只要我们从内心发出“我命由我不由天”的呐喊，去克服一个个平庸的日子，去迎接一个个自己选择的挑战，让自己的每一天充实而有收获。正所谓，“心中有梦想，脚下才有力量，眼里才有光芒，行动才有方向。”奋斗应成为所有年轻大学生朋友的青春底色，图书馆愿意成为每一个学子挥洒青春汗水的见证者、成就者。

当前，我国现代职业教育高质量发展向纵深推进，“双高”计划的实施推动高职教育提质培优，到 2025 年职业本科教育招生规模不低于高等职业教育招生规模的 10% 的目标已经明确，职教本科的政策、标准已经落地，这一系列有利于高职大学生发展成长的环境变化、红利接踵而至，我们是否已经做好了“重整旗鼓再出发”的准备？

复旦大学的这群学霸都谈到，图书馆为他们提供了良好的的学习环境。作为一名高校图书馆人，我深知，图书馆的先天条件虽然不是一个人“泡馆”的决定因素，但为莘莘学子提供尽可能优良的学习环境是包括图书馆人在内的每一位教育工作者的职责所在。图书馆不是以建立一个大楼来彰显大学社会形象的面子工程，而应该成为一个学校传递知识、传承文化、传播文明的育人中心、学术中心、文化中心，正所谓，“大学者，非谓有大楼之谓也”。要朝着把图书馆打造成为一个学校最好的学习场所的目标持续投入资金，不断完善硬件设施，升级软件技术，打造文化环境，氤氲大爱使命，既要变革图书馆服务理念和模式，为学子提供泛在学习支持，又要推进图书馆的智慧化、现代化建设，实现馆藏资源的数字化、流通手段的自动化、管理服务的数据化、应用共享的多媒体化。既要顶层设计图书馆公共空间文化，提升学子的默会教育水平，又要搭建起师生之间沟通交流的情感媒介。

山青花自开。学校要为每一个生命的绽放提供最好的资源和最深情的大爱。希望每一位学子不辜负图书馆的资源，在图书馆营造的书香环境中如鱼得水，甘之如饴。图书馆也必将因每一个热爱学习、热爱生命、热爱生活的年轻朋友的到来而更加熠熠生辉。

附言：看到复旦大学图书馆的大数据，仿佛看到了当代年轻一代的勤奋。中国人勤奋好学之风千百年未曾变，这是自农业时代就传承下来的耕读传家之传统。

2021年12月

论原壤“失位”

近日读了南怀瑾著的《论语中的名言》一书，感触很多，古人能用很少的文字表达至深至奥的人生哲理，令人不禁掩卷沉思。

《论语》中有这么一段：“原壤夷矣。子曰：‘幼而不孙弟，长而无述焉，老而不死，是为贼。’以杖叩其胫。”这是孔子有名的故事，原壤是孔子的老朋友，从字面意义看，孔子不仅骂他“老而不死，是为贼”，而且君子动口还动手，“以杖叩其胫”——孔子用手杖敲打原壤的腿，究竟是什么原因让“至圣先师”的孔老夫子也勃然大怒了呢？南怀瑾根据“夷矣”解释为“做了一个不大像样的动作”后，孔子开骂了：“你这个家伙，年轻时对兄弟姐妹不好，没有友爱，一生之中，又没有值得称道的事，人生的成果何在？对人生含糊一生，对自己没有交代，年纪活了这么大毫无作为……”

具体什么不大像样的动作？现在已经无可考证，古籍语焉不详。但是这已经不重要了，有一点可以肯定的是，原壤的行为举止一定是和他的身份不相符的。试想，一个衣冠楚楚、年老而有德者做出了轻佻或不雅的“失态”举动，那多么令人吃惊啊！不过，现在这个社会，似原壤者仍大有人在且有过之而无不及，现在哪个骗子、小偷不是穿得像模像样，却干着缺德的恶行；哪个贪官不是一副冠冕堂皇的清廉样，却干着违法乱纪的勾当。孔子如果坐上时光列车来到当下，见到此种人与事，非得被气死过去不可。

原壤是我们的反面教材，他的在孔子看来极不雅观的“失态”之举主要是因为原壤丢失了自己的“年龄位置”，在孔子看来，“四十而不惑”——一个人到了四十岁就明白很多事情而不再受迷惑，“五十而知天命，六十而耳顺，七十而从心所欲，不逾矩”。“老而不死”的年龄应该是参透世间人事，随心所欲也不会超越法度和规矩的德高望重的有德境界。

原壤因“失位”而“失态”，幸好有孔子这个老朋友给予严厉的批评。而我们今天的很多人，做出了或大或小的“失态”行为、“缺德”举动、“违法”勾当却不自知抑或泯灭人性，实在是比原壤还要可悲啊！这提醒我们，要时刻注意自己在社会中担当的角色，不同的角色有不同的话语范围、话语权利和位置坐标。每一个人都是多重角色的复合体。他可能在单位里是一位领导，在家里是妻子眼中的好丈夫，是孩子眼中的好父亲，同时又是父母眼中的好儿子。对于自己的下属，自己是领导；但是对于上级领导，你又是下级。一定不能混淆了位置。你不能把工作中的领导作风带回家里，也不能把在家里受的怨气带到工作中，带到与同事、职工的交往中。对于孔子来说，合乎你当下角色的言行才是合乎“礼”的。

但是在和朋友、老乡、同学的相处中，许多人往往会忘了这一点，你和张三是从小玩到大的朋友，他小时候那点糗事你全知道。在张三当领导之前，你还可以和他在酒桌上吹胡子瞪眼，但是如果你在他当领导之后，还这样咋咋呼呼，在他的下属面前大摆“龙门阵”——张三小时候还和我一起偷过人家玉米棒子呢！以此来显示你们的友谊是经过历史检验的，但是张三肯定受不了，你也肯定会失去这么一个朋友，此时，你可能不仅没意识到自己的问题，反而更加愤愤：“看看，有权就瞧不起人了，幸亏我及早认清他的虚伪真面目。”因此做到公私分明非常重要，谈公事，就应当正经严肃，尽管一肚子牢骚、委屈，下了班找一个地方单独谈，没别人在，这时候恢复老朋友的立场，打一架都可以。

翻开历史看看，是有这方面的前车之鉴的。明朝开国皇帝朱元璋当了皇帝，实际上很想念当年光着脚板种田，脸上涂了泥巴打架的朋友。他下令把这些朋友找来，给他们官做。这些乡巴佬，到了朝廷，开会下来，就和一些大臣摆龙门阵：“这个皇帝算什么？想当年我还打他屁股哩！”专门瞎扯这些事。朱元璋听了，自然受不了，老实说，他们这些人关起门来和朱元璋打一架，不给别人看见，也可以啊！但当着这许多大臣的面，摆这些龙门阵，分明让朱元璋下不来台嘛！不得已只好“杯酒释兵权”。

可见，这些乡巴佬丢命的前提是丢了自己的位置，当然这是明朝野史，不足当真。

集体性的体育运动最能说明这个问题。队员与队员之间各司其职、分工明确、互相配合、互相补位，才能让进攻如水银泻地，防守则滴水不漏。你后卫就是司职防守，你不能甩着膀子到对方禁区内冲冲杀杀，如果丢了球或输了比赛，那首先是因为你丢了位置。希腊足球队愣是在没有一个大牌球星、不被看好的情况下奉“位置”为圭臬，一路尽显“黑马”本色，一举夺得2004年欧洲杯冠军。

要适应这个多变的社会，大到一个国家、小到一个单位，每个人都要找准自己的当下坐标，明确责任、价值、荣耀。当你有了“位置感”，你也就可以找到自己的人生价值，人生也就充满了“一路欢歌”，那么，你就是一个智者。

2007年5月

人性是养出来的

性格决定命运，这是我们经常听到的颔首称是的一句话。历史的长河中，千古风流人物、中外英雄豪杰的命运沉浮无一不为这句话做了历史的注脚。鸿门宴上，项羽的妇人之仁让垓下悲歌响彻了几千年，陀思妥耶夫斯基生理与心理的双重病态既成就了他，也毁灭了他。

既然性格具有人生“一锤定音”的作用，那么如何养出下一代好的性格、塑造健全人格就具有了十分重要的意义。在当今越加开放的社会，性格差异化、认识多样化让这个社会更加多元、更加有活力，但是我们也从不讳言，一个人的性格、心理影响的不仅是本人的幸福，同样还会给家庭，乃至下一代带来持久的影响，甚至这种影响有时是我们不愿面对的，例如违法、犯罪。如果我们了解了性格的形成过程，认识到性格在人生命运中如操作系统般的重要性，人世间就会有更多为人父母的骄傲，少了些许为人父母的一声叹息。世间没有不爱子女的父母，但世间却有许多人不懂得如何爱他们的父母。当父母有了经验时，孩子已经长大，家庭教育起作用的最佳时期已经过去；当父母有了教训时，孩子有的已经因犯罪而身陷囹圄。不输在起跑线，这个根深蒂固的观念不知道从什么时候起深植在中国式父母的心中，自从有了孩子，巨大的焦虑如影随形地伴随着他们，补习班的高额支出、学区房的高烧不退，对分数、成绩、排名的看重带来了多少幕人间悲剧，轻则孩子精神出现了问题，重则孩子自杀轻生。

中国式的家长更喜欢看心灵鸡汤，不愿意接受惊悚的反面教育，似乎看了就是在影射自己一样；就好像不愿意去看心理医生，似乎看了就说明自己心理有问题一样。如果按照这样的标准来选择图书，那么《人性的弱点》就是励志的鸡汤，而《幽微的人性》就是暗黑的料理。《人性的弱点》曾经“洛阳纸贵”，但如果与《幽微的人性》比较来看，其只能算做是肤浅的童话故事汇，它对如何与人相处，如何提高领导艺术，如何技巧地改变别人，如何创造幸福美满的家庭生活等人际交往中所总结的原则、方法无一不是从人性的普遍弱点出发，看似散发着科学的光芒，但是其支撑印证的一个接一个的完美无瑕的案例，却又像精妙的推理公式一样，让这些“金科玉律”显得那么可笑。人性的复杂深邃被这些原则所驯化，乖乖地像一群听话的小绵羊。两相比较，更加坚定了我要向各位读者推荐《幽微的人性》这本小书。

《幽微的人性》是李玫瑾教授的一部著作。李玫瑾被誉为国内犯罪心理学研究第一人，《幽微的人性》从典型犯罪案例入手探讨犯罪人的

心理问题，既涉及心理学的一般知识，又鞭辟入里地探析导致这些“病态”心理问题形成的家庭背景、社会背景以及人性缺失背后的人生迷失，既有现实的广度，更有理论的深度。读罢既有个体人伦悲情的压抑感，更增加了对自己家庭亲子教育的深刻反思。它把社会真实发生的“悲剧”一面撕裂开，在勾起读者触目惊心的回忆中，给予心灵强烈一击。虽然该书不是以育儿为重点，但作者关于婚姻生活、家庭教育、性与情感、医疗养老的诸多观点发人深思，其直击人心的反面警示性也值得每一个为人父母者去思考——如何去构建良好的家庭关系。

李玫瑾认为，法律只是决定判什么罪，按照侦查、起诉、判决的流程处理完毕即结束。但真正重要的是要了解犯罪人为什么要这么做，通过研究他们的犯罪动机来做犯罪心理画像，通过心理画像来检视我们家庭教育、学校教育和社会教育中出现的问题。绝大多数的犯罪，实际上都跟当事人自身某种心理问题有关，而一个人的心理主要是后天形成的。每一个孩子来到世上都是一个天使，但家庭教育如果出了问题，将对孩子的心理产生不可逆的影响。因此虽然人的心理发展是终身性的，但早年的心理塑造却是最紧要的阶段，而1—12岁恰恰也是家庭教育起作用的阶段。家长作为孩子的第一任老师，对孩子的心理教育是从情感——最基础的依恋情感开始，依次再到亲情、伙伴情、同学情、社会情感，所以，在这个阶段一定要尽量多陪伴孩子。如果缺失了这一段亲子时光，将有可能造成孩子情感发展不完整，而成为“有毒的土豆”，因为真正决定犯罪人选择犯罪和出现犯罪倾向的不是智商，而是情绪；不是价值判断，而是任意放纵。从小没被善待的人往往不会善待社会。心理学认为，有的人性格易怒、攻击性强往往是源于童年的伤害太多。因此，心理需要安装制动程序，这个制动程序的模块由观念、信念和信仰组成。心理装上了这三把制动闸，“一念之差”的犯罪就会减少很多。

李玫瑾讲到，在犯罪人群中，除了反社会人格、犯罪人格外，还有一种常见的人格问题——缺陷人格。对父母来说，对孩子的抚养，情感不能匮乏，但如果过分溺爱孩子，也会导致严重的人格缺陷，即溺爱型人格障碍。孩子在一种无原则的放纵抚养下，很容易形成无法无天、唯我独尊、以自我为中心的思维和行为处世方式。联想到在网上看到的一个短视频，上海一个10岁的小男孩骑平衡车做核酸被拒后，持菜刀与志愿者对峙，大喊“我必须砍死你”“没有人可以阻止我”。这一幕真是惊掉了我们的下巴，一个接受“三礼四仪”本该懂礼貌的孩子却呈现出无敬无畏、无规无矩的混混作派。假使这个小男孩已经成年，那么，这一事件可能就会演变成恶性伤害事件。父母以爱的名义给予他的溺爱往往最后都演变成了邪恶的爱。因此，为人父母真的不容易，第一次做父母，给孩子最好的爱是本能，但这份爱，最后换回来的可能是“白眼狼”。因此，家庭教育的首要工作是学会如何对家长进行教育，家长如何在养育孩子过程中学习做一个父母，如何在了解孩子的成长心理过程中有意识地调整自己。毫不客气地说，每一个“天使”的堕落，其背后都与父母早期教育不当有因果关系。为了让这样的人间悲剧不再重演，让每一个孩子健康快乐地成长，我们每一个家长都需要反思、反省，谨记“给孩子挣钱的时间不如陪伴孩子的时间，给孩子存钱的努力不如教给孩子做人做事的努力，找保姆带孩子不如自己辛苦带孩子”。同时不断提高自身的修养水平，共同经营好稳定的婚姻家庭，这些都在潜移默化地塑造孩子良好性格，决定着孩子未来的人格。

采用对话体的形式组织全篇是《幽微的人性》这本书的一大特色。十几个篇章都采用一个主持、一个嘉宾和李玫瑾三个人的围炉对话形式展开的。但由于这本书是对李玫瑾多次采访的汇编，所以，主持和嘉宾一直在换，但始终不变的是李玫瑾，不变的是李玫瑾在采访中的绝对分量。

看着看着，头脑中就有李玫瑾在《今日说法》栏目中侃侃而谈的画面闪现。一样的画面，甚至是一样的味道，李玫瑾用她那平实而温婉的“李氏”语言徐徐道来：“健康的人生需要养生，更需要养心。”“情残与弱智更可怕。”“心理也会感冒。”“圈养的孩子容易玩阴的。”“信仰是经过生活实践的。”这些饱含哲理的思想火花在大道至简的日常语言的河流中闪耀着晶莹剔透的金光，让读者品咂一番而意犹未尽。该书特意在每章中间或者结尾处链接深度解读本章观点的李玫瑾教授的学术论文、随笔或相关访谈，为对某个学术问题感兴趣的读者提供了更专业的学术解读和延伸阅读，同样也丰富了该书的层次性，满足了不同读者的阅读需求。

家庭教育是一门学问，家庭健全不等于健全的家庭教育。性格决定命运，人性教育比智力教育更能决定一个人的幸福指数。我作为一名教育工作者和读者，要向所有“人类灵魂的工程师”呼吁，坚持立德树人，凝魂塑心，把新时代的青年学生培养成为具有人性的人，让幽微的人性散发诗意的光芒。

附言：2022年6月，为配合中国图书馆学会阅读推广委员会举办的2022年馆员书评征集活动，图书馆联合工会在全校教职员工中发起“重家教，立家风，伴成长”书评征集活动。具体负责这项工作的刘红兰老师积极地在全馆动员，并以“图书馆要带头”的集体荣誉感希望我也写写。我当时正在看《幽微的人性》，确切地说，已经在看第二遍了，手不释卷，若有所思。2023年2月，文章入选2022年馆员书评征集活动（第十季）展示名单，全国共54人上榜。

2022年10月

贰

弘文篇

HONGWEN PIAN

中华优秀传统文化是中国人的“根”和“魂”，反映了中国人的独特精神标识、价值理念、审美旨趣，是我们坚定文化自信的最大底气，最深厚来源。

厚培文化自觉　坚定文化自信

近年来，中华传统文化“热”在神州大地广泛传播，更在大学菁菁校园“鲜活起来”，不仅有中央电视台推出的“中国诗词大会”“中国成语大会”“中国汉字听写大会”“中国谜语大会”等大型电视文化节目，而且还有“礼敬中华优秀传统文化·校园巡礼”栏目，持续报道大学校园里的经典诵读、大师讲座、礼仪研习等活动，吸引越来越多的“90后”大学生徜徉于中华优秀传统文化的精神海洋。

一则以喜，一则以惧。我们要清醒地看到，中华优秀传统文化的“根”面临被蚕食的风险。近年来，中华优秀传统文化成为西方艺术家创作的灵感源泉，从早期迪士尼公司出品的《花木兰》，到近期的《功夫熊猫》系列。我们老祖宗留下的文化瑰宝、中国元素频频被西方人借鉴，我们的历史资源、人文资源、传统文化形象等不断被西方人挖掘，这难道不让我们中华儿女汗颜吗？

大学是中华优秀传统文化的主阵地和辐射源，大学生是中华优秀传统文化传承的主力军和后起之秀。但是很多大学生不仅不珍惜自己拥有的精神财富，反而视如敝屣，一味“哈韩”“哈日”，拥抱西方文化，虔诚地向西方学习。建筑学西方，节日随西方，哲学社会科学理论引西方。相反，对于中华优秀传统文化的感情却日渐疏离，如无根之浮萍，甚至一部分青年大学生却在戏谑、解构中国古典名著中享受肆意的快感。读了一辈子、教了一辈子《红楼梦》的台湾文学巨匠白先勇先生听说现在大学生很少有人能耐心地看大部头经典作品时惊呼，大学生不看《红楼梦》还了得？一定要看《红楼梦》，这是我们最了不起的文化成就。《红楼梦》是白先勇先生心中的文学圣经，他曾经说过：“在我阅读经历里，我要宣布说，《红楼梦》是‘天下第一书’，看了以后觉得《红楼梦》真是了不得，各种角度来看它都是一本很了不起的一个作品。所以我觉得我们台湾的读者，尤其是年轻读者，尤其学生们，大家都应该至少看一次，念一遍。”

在传统文化风靡校园之际，我们同样清醒地看到，部分大学生是把传统文化当作潮流、时尚去追崇的，而不是以文化自觉的使命感去学习传承。同样，部分大学生还错误地认为传统文化只停留在故纸堆里、博物馆里、浩瀚典籍里，在今天没有实际用处。事实上，中华优秀传统文化的基因已经熔铸在每一个人的血液里，形成我们所特有的精神世界、特有的思维方法和价值观。中华优秀传统文化对处于更加开放社会中的大学生的言行举止、人际交往、求职创业仍然具有指导作用，“不学诗，无以言”“不学礼，无以立”“半部论语治天下”的古训仍萦绕耳际。事实上，中华优秀传统文化也是大学生未来诗意生活的心灵鸡汤，“心中有诗的人，纵然不逞口舌之强、言辞之利，也会用行动写出‘诗言志，歌永言，声依永，律和声’。”诗词曲赋、建筑园林、绘画书法是中华民族的先哲向世界提供的最精致的艺术世界和文化高峰，其最大的作用或许就是“无用之用”吧，“用诗意抵消生活的粗粝，用壮阔开掘思维的闭塞，用精致磨洗庸常的琐屑。”

中华优秀传统文化是中国人的“根”和“魂”，反映了中国人的独特精神标识、价值理念、审美旨趣，是我们坚定文化自信的最大底气、最深厚来源。在中国越来越以更加自信的姿态走向世界舞台中央的今天，在凝聚着中华优秀传统文化智慧的中国理念、中国方案越来越被世界命运共同体所接受的今天，新时代的青年人必须担负起传承弘扬文化的自觉，守正创新、推陈出新，推动中华优秀传统文化创造性转化、创新性发展，让中华优秀传统文化在与当代生活的“亲密接触”中，焕发出古老中华文化的时代光彩。

2017年2月

大学精神是大学的灵魂

大学要有大学精神，这种精神就是我校所倡导的“教师要有学究气、干部要有书卷气、学生要有书生气、学校要有学府气和书斋气”。此乃学校的风骨。

一个城市的无限魅力来自这个城市所能体现的人文精神的光芒。城市在漫长的历史流动中，因位置、资源、经济的不同，便凸现出了纷繁斑驳的共时性多样化状貌。“诚信、博大、和谐、卓越”是青岛的城市精神，“精致、和谐、大气、开放”则成了杭州的城市精神。同样，一所高校的魅力也来自深藏在不同学子身上，表现于共同文化上的共同心理素质，这便是所谓大学精神。大学精神是大学的灵魂。纵观中外著名大学，无不闪烁着大学人文精神的光芒。“同舟共济、自强不息”是同济精神，“自强不息、厚德载物”是清华精神，它们就像一束束火把，在一代又一代同济人、清华人的血液里燃烧，激励着莘莘学子奋发有为。

城市、学校有着自己的精神，一个民族也要有自己的民族精神，民族精神是一个民族赖以生存和发展的精神支撑。如果没有振奋的精神和高尚的品格，就不可能自立于世界民族之林。在5000多年的发展中，中华民族逐渐形成了以爱国主义为核心的团结统一、爱好和平、勤劳勇敢、自强不息的伟大民族精神。

一所高校如果没有自己的精神，那么，高校就是普通的、没有特色的，培养出的人才也是没有特点的，大学的氛围也是形成不起来的。

我校尽管是高校之林中的“后起之秀”，其地理位置不佳、办学层次不高是不争的事实，但是我校在教育事业上25年的默默前行使其初步具备了一定的历史厚重感，四分之一世纪培养的几万名各行各业的人才无不热爱培育自己的母校。用人单位对我校毕业生“懂理论、肯吃苦、能动手、悟性高”的共同反馈反映了我校人才培养的特色。当前正值我校发展的关键时期，砥砺建院精神，适逢其时。培育和提炼新时期建院精神，就是为了撑起建院人的“主心骨”，鼓起建院人的“精气神”，激发师生的历史自豪感，实现我校二次创业的新一轮发展和腾飞。

大学要有深厚、宽松的学术氛围，健康、向上的校园文化和科学、民主、创新的大学精神。我们一定要努力塑造我们自己的建院精神，通过讨论、征集，统一思想，摒弃一切旧的观念和行为方式，树立学院新的精神风貌。解放思想，大胆实践，研究新情况，拓展新思路，在创新中发展，在发展中创新，使21世纪的学校更加充满生机和活力。我们一定要在校党委提出的“全面动员，全力以赴、务求全胜”的目标指引下，让新时期建院精神成为每一个建院人心头高高飘扬的旗帜。

有精神才有氛围，有精神才有干劲，有精神才有学校蒸蒸日上的崭新面貌。

2004年2月

脊　梁

（谨以此片献给为办学 30 年做出贡献的四万余名建院人）

引　子

有一个城市，诉说着历史的传奇——从帝尧封彭祖建立彭城开始，素享文化名城之美誉。

有一座丰碑，见证着中华民族的精神——淮海战役烈士纪念碑挺起了中国人民不屈的脊梁。

有一所学校——徐州建筑职业技术学院，深深植根于两汉文化的发祥地，书写着中国高等职业教育的新篇章，筑起了中国建筑职业教育的脊梁。

第一章　春天的故事

1979 年春，徐州建筑职业技术学院的前身——中国人民解放军基建工程兵第三技术学校首届开学典礼在江苏沛县举行。

同年，学校搬迁到徐州市南郊。为了尽快建设好学校，军校的学员们搭建起临时板房，边劳动边上课。寂静的泉山东麓响起了嘹亮的军号声和“杭育杭育”的喊号声，纪律严明、艰苦奋斗的军魂熔铸成了学校勤俭办学、艰苦创业的根脉。

1983 年，学校转为地方，更名为徐州煤矿建筑工程学校，1984 年学校更名为徐州煤炭建筑工程学校。煤建校人自加压力、负重奋进、敢于争先，在短短的 15 年间，实现了跨越式发展，在综合配套改革、后勤改革等方面成为了全国的一面旗帜，一举成为国家级重点中专。

1998 年，随着国家机构改革，学校划转江苏省管理，更名为徐州建筑工程学校。1999 年经教育部批准，独立升格为徐州建筑职业技术学院，成为江苏省首批升格的高职院校。

徐州建筑职业技术学院的春天的故事，走过了 30 年。

今天，而立之年的徐州建院，占地面积 1080 亩，建筑面积 32 万平方米，全日制在校学生 13000 人，教职工 660 余人。2005 年，学校在教育部人才培养工作水平评估中获得优秀等级；2006 年参加江苏省高职院校首批党建考核试点，获得优异成绩；2007 年被评为江苏省首批重点建设的示范性高职学院；2008 年被教育部、财政部确定为国家示范性高职学院。此外，学校还是江苏省建筑职教集团理事长单位、教育部高职高专土建类专业教学指导委员会副主任委员单位和淮海经济区高职院校协作会秘书长单位。

“校兴我荣、校衰我耻；勇于创新、敢为人先；敬业尽职、求真务实”，新时期的校园精神是一代代建院人对教育事业的执着写照。这是军校的艰苦奋斗精神、中专校的争创一流精神在新时代的发扬、发展和全新诠释。这种精神贯穿于学校三番更名、三变隶属的30年；这种精神是全校师生员工矢志不渝、艰辛探索、追求卓越的法宝。

继承军校传统，砥砺建院风骨，发扬建院精神。

学校正朝着“站在新起点、谋划新发展、再创新辉煌”的更高目标迈进。

第二章　科学谋划开胜景

从一所中专校到国家示范性高职学院，徐州建筑职业技术学院用短短的10年就完成了这一奇迹。这奇迹的背后凝聚着上级领导的亲切关怀，凝聚着学校历届党委的励精图治，凝聚着一代代建院人的智慧和汗水。

升格后，新一届党委南上北下，广泛调研，制定了学校“十五”发展规划，确立了“稳定规模，优化结构，充实内涵，转换机制，办出特色”工作方针，2005年制定了学校“十一五”发展规划，确立了“优化结构、充实内涵、提高效益、办出特色、创建示范”工作方针。同时，校党委坚持解放思想先行，先后在学校升格、迎评创优、创建示范等学校发展的关键时期开展教育思想大讨论。

提升内涵打基础，全面建设创示范。经过两个五年的改革发展，徐州建筑职业技术学院抢抓机遇，迎难而上，科学发展，沐浴着国家大力发展职业教育的春风，迎来了学校历史上发展最好最快的10年。

学校按照产业链建立专业链，按照项目驱动、任务导向深化工学结合课程改革，建成以国家示范重点建设的专业群为引领和特色的工、管、文、经、法 15 个相融互补的专业群。国家级、省级、校级精品课程的确定，彰显了学校精品化发展战略，形成了协调发展的专业体系和课程体系。为服务企业、支撑产业、促进就业、推动创业，学校依托省级建筑节能技术研发中心和 2 个国家级实训基地，牵头成立江苏建筑职教集团，形成了“校企联姻、产学合作”的办学模式，200 余个稳定的校外实训基地锻造了我校学生扎实的专业技能。

教学促进科研，科研反哺教学。学校坚持每两年召开一次全校性的科研工作大会，从政策环境和教师思想观念两个方面提升了全校教师想搞科研、搞好科研、多出成果的环境氛围。10 年来，学校教师主持国家级、省部级课题近百项，有 10 余项成果获省、市科技进步奖，有 2 项教学成果获江苏省政府颁发的教学成果特等奖，1 项教学成果获国家级教学成果二等奖。本校学报成为全国高职高专核心期刊。

人才战略成效显著。学校通过每年举办“教学基本能力”培训班，实行“访问工程师”制度等，建立了由企业工程技术人员组成的兼职教师资源库。全校 488 名专任教师中，“双师素质”教师占 75%，教授和教授级高工达 26 人，位居省内同类院校前列。一大批学术创新团队、学术带头人、青年骨干教师和国家级、省级教学名师成为学校培养高技能人才的有力支撑。

后勤社会化改革持续推进。西校区建设、师生公寓建设、信息化校园建设、校园绿化美化亮化，极大地改善了师生员工的学习、工作和生活条件，师生员工的生活质量稳步提高。10 年来，学校新增建筑面积 10

万平方米，吸引了200余名优秀人才来校工作。学校被省委表彰为全省思想政治教育先进单位，连续多年荣获省科技工作、师资队伍建设工作先进高校和省文明高校称号，校党委多次被评为全省先进基层党组织。学校坚持开放办学，主办召开了全国建设类高等职业院校长会议、全国建筑类教指委会议、淮海经济区高职院校协作会，持续对中西部地区和苏北地区的多所高职院校开展对口支援，与澳大利亚TAFE学院开展国际合作办学。学校“质量立校、特色强校、人才兴校”的办学理念得到上级领导、专家的充分肯定。广大师生员工通过教代会、妇委会、学生会等群团组织共建廉洁和谐校园，共享改革发展成果。

惊涛拍岸，卷起千堆雪。校党委领导班子正以科学发展观为指导，以锐意改革的气魄，谋划着学校未来“十二五”的宏伟蓝图，建成高水平国家示范性高职院校是我们不懈的追求。

第三章　风流人物闯九州

2008年北京奥运会圆了中国人的百年企盼，“鸟巢”“水立方”的美轮美奂征服了世界，天津泰达足球场、杭州湾跨海大桥……这些标志性建筑都凝聚着我校校友的智慧和汗水，让国外职业教育界的朋友由衷地竖起大拇指。在周边众多煤炭建设企业中，我们的校友也挑起了大梁，一大批杰出校友自主创业，用他们的贡献回报社会、回馈人民，用他们的实力绘就了一张张精美的母校名片！他们就是母校对核心竞争力给出的响亮回答——校友的发展力就是母校的核心竞争力。

孔子曰：“君子不器。”学校倡导人文精神与科学精神相结合，在全国高职院校中首开先河，成立“中国思想文化研究所”和大学生素质教育中心，开展个性教育，注重社团建设，加强对大学生综合素质的培养，毕业生就业率每年都在 99% 以上，连年荣获江苏省毕业生就业工作先进单位。

学生教育管理坚持“以人为本”理念，始终围绕“培养什么人、怎样培养人、为谁培养人”这一根本性问题，以大学生思想政治教育为核心，以学风建设为重点，以学生全面发展为目标，不断推进社会主义核心价值体系的“三进”工作。通过建立一整套资助体系和奖学体系，帮助家庭困难的学生顺利完成学业，鼓励优秀学生不断进取、奋发有为。

校党委注重学生党建工作，实现“年级有学生党员，系有学生党支部”，学生党员比例稳定保持在 5% 以上。广大学生通过学生会、各类社团以及暑期社会实践活动锻炼能力，展现风采，有一大批学生志愿服务西部，几十名学生参加数学建模竞赛多次获得国际、全国大奖，参加全国和江苏省大学生机器人竞赛取得骄人成绩。他们是母校新一代学子的骄傲，恰如待飞的雄鹰，即将搏击于天地之间。

风起云飞九州浩荡，云龙紫气山高水长。

盛世春晖立德树人，戎装工帽谱写华章。

……

（校歌起）

悠悠 30 年，从母校走出的四万余名校友，精神可以作证；悠悠 30 年，母校在高教之林铿锵有力、意气风发的精神风貌，荣誉可以作证；悠悠

30年，校友与母校牵手两依依的情结，蓝天可以作证！

（军号起）

嘹亮的军号响彻了30年，这是徐州建筑职业技术学院的进行曲——向前！向前！再向前！向着建设高水平的国家示范性高职院校进发，可以确信，徐州建筑职业技术学院必将在高职教育新的征途上饱览无限春光。

附言：《脊梁》是为庆祝学校30周年校庆而创作的电视专题片的文字脚本。我接到这个任务既感到光荣又倍感压力。距离9月19日的校庆日还有两三个月时，脚本才仅有个大纲，心急如焚之际，又接到学校暑期调研的服务保障任务。至今清晰地记得，我背着砖头重的老式手提电脑，白天辗转各地做好服务工作，晚上构思写作，走一路写一程，最终文字脚本和以《脊梁》命名的专题片获得了领导、校友及师生的好评。

2009年7月

印　象

——浮光掠影韩国交通大学

今年暑假，我有幸跟随我校新一批优秀教学管理骨干，来到“亚洲四小龙”之一的韩国，在韩国交通大学和韩国世翰大学学习先进教学理念，交流人才培养路径，感受独特异国文化。韩国是中国一衣带水的邻居，深受中华儒家传统文化的影响。初到韩国，看到韩国人和我们一样都是黄皮肤、黑眼睛，外貌并无差异，但如果不是那满眼勾圈划弧的韩文，如果不是那“不知所云”的韩语，你可能真的以为身在中国的某个城市或乡镇，但你又会在惊鸿一瞥的邂逅中长久地记住这个国家，在浮光掠影的印象中升腾起对其民族的敬重。

热情而呆板的韩国人

韩国交通大学是我们此次学习研修团的第一站，也是我们和韩国同行交流最多、团内大多数人建立对韩国第一印象的窗口。在淅淅沥沥的小雨中，我们一行 41 人的大客车首先来到了该校办公楼门前，韩国交通大学的校领导已经在楼下等候。待车子停稳，韩方接待人员已经呈一字形排开，从校领导开始，一个一个地同我们每一个下车的人握手，嘴里念叨着“안녕하세요（你好）”，如此阵势，还真让我们在有点不习惯中感受到了韩国人的热情。在见面会上（我们叫开幕式），当主持人介绍

到我校学习团成员时，坐在第一排的校领导齐刷刷地站了起来，转身朝向我们，每念到一个成员的名字时，他们就鼓一次掌，我们的内心再一次充满了前所未有的飘飘然和久违的虚荣感。我们看到了韩国同行严肃的外表下包藏不住的热情，以至于我们觉得那连绵不绝的细雨也是那么多情。

就在那多情的小雨中，我们按照学习计划开始上课、交流、研讨，分别听取了建筑系、建筑工程系、设计系、汉语系的系主任对专业课程建设方案的介绍，并同专业老师交流教学改革和教学设计。专业上我是门外汉，经过韩国小翻译诘曲聱牙的翻译，我在努力体会他们所讲的意蕴。每一个主讲的领导或者课长（大概相当于我们的教研室主任）、教员，都是西装革履，气质儒雅，谈吐得体。韩国人的文明礼仪向上追溯，根子里是汲取了中国古代儒家思想的营养。近年来部分中国人的文明素质屡受诟病，看来是断了传统文化的“奶水”使然。

韩国靠近海洋，三面环海，雨量充沛，从我们在仁川着陆开始，雨就一直下个不停。我们在交通大学学习时，雨下得正紧，我们第一天赶到教室，甫一坐定，就感到溽热难耐，但是教室里的空调一直没有开。有的人开始抱怨，天这么热为什么不开空调，如果到了我们学校，我们肯定提前半小时就把空调开好了。过了一小会儿，建筑工程系的领导走进教室，在介绍韩方人员之前首先向我们致歉，经过翻译，我们才知道，原来韩国有规定，气温不高于 28 摄氏度不能开空调。他们并没有因为我们是来自外国的学习团而“下不为例”，仍然一丝不苟地执行着规定。

听说家乡来人了，在韩国交通大学学习深造的我校 6 名留学生赶来和老师见面。他们略显拘谨，但眼神里透出欢喜的亮光，师生一起聊天、合影，亲密无间。在我们参观学习期间，留学生们主动地为自己的老师充当校园导游、义工，提供力所能及的帮助。

科技与文化的交织

韩国交通大学地处忠青北道的忠州市，忠州是丘陵地貌，韩国交通大学坐落在群山环抱中，校南门外，忠州湖缓缓流过。校园内有众多小山丘，整个学校的建筑便呈现出高低起伏的韵律的美。暑假的校园里静悄悄的，似乎更有“采菊东篱下，悠然见南山”的意境。这块山水相滋、前照后靠的风水宝地见证了韩国交通大学半个多世纪的发展。如果说学校的地理环境是大自然的馈赠，那么该校的人文环境却是历经一代代的积淀而形成的。进了学校大门，左边就是一块立石，上面刻有四个汉字“真理，创造”，这是学校的校训。学校的标识不仅贴在讲桌前、印在纸袋上，不仅留在路灯柱子上、停在校车上，而且在学校赠送给我们的每一支笔上、每一个牙刷牙膏的盒子上，都印有校标。校标由白色和暗红色打底，学校的横幅全是这个色调。

新建的图书馆是韩国交通大学的标志性建筑。图书馆虽然地势低，但是由于其单体达 13 层高，还是让人没进校园就已经可以看见了。该校开放了图书馆一层供我们参观，现代化、科技感是我们最大的感受。舒适化、多样化也是该图书馆追求的感觉。走进图书馆一层，各种电子设备一应俱全，学生不仅可以在这里学习，还可以在这里看电影、玩游戏，甚至还有专门的语言多媒体教室，让学生自主学习各个国家的语言。图书馆门口，有一个小方塔，文字已经模糊，不知建造年代，虽然没有中国方塔的大气磅礴之感，却也赏心悦目。

讲义栋及其他

在韩国交通大学里，有一栋普普通通的三层楼，但它却有一个很奇怪的名字——讲义栋。为什么叫这么一个怪名字呢？奥秘就在这个楼的一层，一层大厅里摆放着自动售货机、自动取款机，还有一个小型超市、一个咖啡馆，还有打印复印社、邮局等。学生不用出楼，就可以一下子处理完很多事情。学生宿舍楼在学校的最北面，我本想到学生宿舍楼看一下，但是宿舍在假期锁门，我却意外地发现紧挨着宿舍楼的一个房间没有锁门，推开门，里面有很多的健身器械，原来这是个健身房。据了解，这个健身房是专门为男生服务的。在女生宿舍楼里也有一个专门为女生锻炼用的健身房。

在学校的东南角，靠近艺术楼旁边有一个不起眼的三层小楼。经过时，从小楼里传来插电贝斯的声音，我循着声音走上去，敲开了门，一个男生在埋头苦练贝斯，周围堆满了乐器。这个男生叫金泰焕，是大一新生，他说他这个假期就打算泡在这里了，只想提高一下自己的技艺。他所在的社团叫音乐之友，这个楼是社团楼，里面的一个个房间就是一个个社团。每个房间都有电子门锁，一层大门口没有值班室，也从来不关门。虽然仅仅参观了学校的一部分，但是人性化服务的设施却随处可见，从每个楼里进门大厅都有的不起眼的手机充电器到每一个楼外的休憩的凉亭，从每个楼里的公用自习室到图书馆里的独立电影包厢，人性化服务设施为大学的人文环境增光添彩。

通过此次活动，我们走马观花地了解到韩国交通大学的一鳞半爪，看到了中韩大学的一些差别，我们也认识到这种差别需要从两国国情来客观看待，韩国交通大学参与这次交流的几个系一般只有教师 6—8 人，全系也就只有四五百名学生。我们不应该讳言差距，这种差距可能还不是简简单单地建个茶社、咖啡馆那么容易，这种差距可能更多地来自教育理念层面、教育体制机制层面的制约。既然出国访学是抱着学习的态度，那么这种学习就不能仅仅局限于教学改革层面，还应该从教育理念、教学思想等更深层次上思考，我们应该从韩国大学的校园文化建设、韩国教师的敬业与严谨以及充满爱的教育管理中得到启示。教学规划不好复制，但是文化却具有相通性。著名社会学家费孝通先生曾经总结的“各美其美、美人之美、美美与共、天下大同”的论述，说明各个国家和民族的文化应该相互融合、相互促进，呈现多元和谐的发展局面。在文化建设上，韩国交通大学给我们提供了很好的借鉴，两校之间应该有更多的共同语言，可以进一步加强合作与交流。

附言：2013 年 7 月，笔者有幸作为学校暑期出国进修访问团成员，赴韩国交通大学学习先进教学管理理念。短短数日的培训、参观、交流，对韩国大学的独特校园文化有了一些初步印象，回国后便形成了这篇记录中外文化交流的小记。

2013 年 8 月

永必重求真　今应更务善

——高职院校也应大力加强人文素质教育

国庆前夕，适值我校中国思想文化研究所成立大会暨弘扬民族精神讲习研讨会取得圆满成功。这是我校致力于繁荣哲学社会科学研究，致力于弘扬伟大的民族精神的又一新举措，这将为推动我校人文社会科学研究，为加强人文素质教育提供一个新的平台。

文化素质教育是全面素质教育的决定性环节，而人文课程是最直接作用于素质的课程。素质教育追求的是人文引领下的融合。推进高职院校素质教育不能铺开摊子来搞，我们要想“有所为”，只能“有所不为”，要想“有所赶”，只能“有所不赶”。但“有所不为”“有所不赶”绝不等于无所作为，而正是为了集中力量，以培养学生的创新精神和实践能力为重点，率先在一些可能的领域取得突破，这个突破就是人文素质教育。

随着新科技的发展和商业化程度加深，中华传统文化的继承与弘扬已经少有人问津。这种现状在高职院校表现尤甚，学生面临巨大的就业压力，导致存在过重的功利主义倾向，只强调过窄的专业教育，个性、后劲发展不足。《大学》一开始就深刻指出："大学之道，在明明德，在亲民，在止于至善。"我们教育的方向与目的是"止于至善"，导向的是"善"，要达到的也是"善"。高职院校作为培养社会主义建设者和接班人的重要基地也同样应当把"善"放在育人第一位。这个"善"就是道德、理性、文化，就是一种骨气、责任和进取。深厚的人文底蕴也是创造力腾飞的翅膀和创造实践的航标。马克思说，哲学是文化的活的灵魂。恩格斯说，一个民族要想站在科学的最高峰，就一刻也不能没有理论思维。

人文素质教育也是高职院校发展的助推力。人文素质教育不仅使受教育者受益，而且也能够使教育者乃至整个学校受益。人文的氛围为高职院校的发展提供了优良的大环境。一个学校民主办学思想的形成、工作作风的转变、师德建设等软件建设的水平在很大程度上取决于该校人文氛围是否浓厚。可见，人文素质教育对高职院校的发展起着巨大的推动作用，而且这种推动是一种内在的力量，比起竞争等外因的推动更有效。

我们要着眼于"特色立校"，以研究所成立及本次讲习研讨活动为新的契机，大力加强校园文化建设，努力营造浓厚人文氛围。积极开展大学生艺术节、周末人文讲堂等以培养人文素质为中心的有品位、有文化内涵的校园文化活动。要利用好学生实习、社会实践的社会大课堂，大力加强大学生爱国心、人文情、意志力、责任感、团队精神等非智力因子的锻造。

我们要不断加强人文学科建设，提升人文课程的地位，让人文课程进入教学计划。我们要认识到，人文教育不仅仅是校园文化，不仅仅是第二课堂，其实它同样是第一课堂。不仅大学生要提高人文修养，大学老师、干部、职工的人文素养也都要提高，全校都应当提高文化品位。人文素质教育工作开展得是否有力，还在于人文素质教育实施者自身是否具有深厚的文化底蕴。用教育学的术语讲，在于它的隐性文化是否强有力。因此人文素质教育实施者要在教育思想、教育观念上有新的突破。

群贤毕至，共寻文化之根；古今纵横，再现活水之源。我们要把学校作为精神文明的灯塔和辐射源，以中国思想文化研究所为窗口，吐故纳新，吸纳学界的思想营养，同时立足徐州，依托机构，整合力量，协作攻关，打造精品，扩大影响，把我校的哲学社会科学研究尤其是中国思想文化研究提升到一个新水平。我们要在全省乃至全国率先擎起高职院校文化素质教育的旗帜，率先在人文素质教育方面大步走在全省的前列，率先在一些可能的领域取得突破，形成特色，办出水平，建立符合高职院校实际的发展模式。

人文素质教育是素质教育的基础，人文素质教育的目标也是素质教育追求的最高境界。我们只有牢牢抓住基础性的教育重点——人文素质教育，才能有利于我校迅速形成浓厚的学风、教风、校风，才能使我校充满书卷气、书生气、书院气。

附言：2003 年 9 月，学校党委高瞻远瞩，敢为人先，在全国高职院校中率先成立中国思想文化研究所，旨在为推动高职院校大学生人文素质教育开先河，打造传承、弘扬、研究中华优秀传统文化的江苏建院样板。

2003 年 9 月

让校友文化成为学校发展的助推力

我校由无到有、由小到大、由弱到强的30年里，5万余名校友默默支持、共同分担、肝胆相照，在对母校的无私关注、挂念、行动中形成了建院特有的校友文化。我们也越来越体会到，校友文化是职业文化、校园文化的有机组成部分，在师资队伍力量提升、校内外实训基地建设、人才培养模式改革、学生综合素质培养、校园文化建设等方面发挥了越来越重要的作用，为我校顺利通过国家示范验收和教育部新一轮评估做出了突出贡献。

面对高职教育迅猛发展、深层变革的新机遇，面临学校“十二五”事业发展的新目标、新任务，面对师生员工的新期待和校友的新期望，完成把学校办成“企业的发展伙伴、行业的人才基地、学生的精神家园”的神圣使命，更加离不开广大校友的支持，更加需要把校友文化发扬光大。

要用心建好校友之家——校友联谊会。文化是人类活动中的价值呈现方式，校友文化的真谛在于互动，要建设好校友联谊会这个沟通母校与校友的平台。校友联谊会成立于2009年，目前，校友联谊会已经建立了30家校友分会。我们要进一步加强校友分会的建设，完善制度，加强管理，办好校友网和《校友通讯》，让校友随时了解母校的发展状况，让母校成为校友的精神根据地。

要真心爱护每一名学子。文化要尊重人、爱护人、关心人。校友难忘母校的不仅是青春的成长轨迹和母校的一草一木，不仅是通过在母校的学习掌握了一技之长，更为重要的是自己在成人成才中感受到的教师人格魅力，是有如兄长的班主任、辅导员的谆谆教诲、爱护有加。校友是教师全部的精神价值和母校的自有品牌，要用欣赏的眼光对待每一名学生，要用大爱关心每一名学生。学校有了大爱，学生就有了精神家园。

要倾心发掘校友文化的育人资源。俗话说，见贤思齐。校友文化具有行胜于言的育人效果。杰出校友虽然年龄不同、经历不同、行业不同，但是杰出校友所共同体现出来的建院风骨、创新精神、创业胆识却能够激励广大学子明确人生目标，增强内生动力，努力成才成人。要大力宣传杰出校友的奋斗事迹，发挥校友文化对建院学子的示范、感召作用，让杰出校友成为建院学子的精神史诗，这才是校友文化的最强大生命力。

多年以后，你们来，或者不来，母校就在这里，不舍不弃；见或者不见，我们的心永远在一起，不分不离！让我们和广大校友携起手来，建设好校友文化，共创母校美好未来。

2011年12月

以“六个校友”理念统领校友文化品牌建设

第二届一次校友联谊会在母校胜利召开了，会议承前启后，既回顾了五年来的工作，又选举产生了新一届理事成员。新一届校友联谊会提出的“六个校友”理念必将成为我校进一步提升校友工作水平、打造校友文化品牌的理论指导和重要遵循。

“六个校友”理念的核心内容是6句话36个字，虽言简意赅，但文约意丰。“广泛联系校友”体现为一种工作意识——要把联络校友融入各项日常工作之中，而不是开会时打打电话这么简单。“平等对待校友”体现为一种工作原则——对待不同校友要一视同仁，不能厚此薄彼，这是建立最广泛校友联谊会的基础。“热心关爱校友”体现为一种工作方法——只有用心用情对待校友，才能让校友感到温暖、熨贴；另外一个层面，校友工作服务体系的完备程度也在检验着学校的管理水平。“宣传优秀校友”体现为一种工作思路——要持续不断地挖掘优秀校友、宣传优秀校友，让校友文化反哺未来校友。“资助需求校友”体现为一种人文关怀——要对有困难的校友伸出援助之手，不离不弃。“共享美丽校友”体现为一种工作目标——让校友在全面参与母校人才培养、科技服务、文化传承中打造校友文化品牌。6个方面囊括校友工作从意识到原则、方法、管理、宣传、资助、共享的各个工作环节。每一个环节都对校友工作产生影响，校友工作的点点滴滴才能汇成校友文化的大河。因此，校友工作和校友文化不是截然分开的两个部分，而是密切联系、相辅相成的一个整体。做校友工作就是在创造新的校友文化，做校友文化也是校友工作的有机组成部分。

我校校友对母校的推荐度长期居于省内高职院校第一名，这既扩大了学校的知名度和美誉度，也从一个侧面说明了我校校友工作基础扎实，校友文化特色鲜明。“六个校友”理念既涵括了我校校友工作中存在的不足和亟待加强的方面，也清晰地指明了今后五年校友会工作的思路，必将进一步开创我校校友工作新局面和校友文化新天地。当前及今后很长一段时期，加强内涵建设，打造特色品牌，创建高职名校都将是建院人长期不懈的奋斗任务和目标追求。这其中，打造校友文化品牌应是学校特色品牌的应有之义，相应的，要挖掘校友工作内涵，把校友工作引向深入，切实提升校友工作水平。

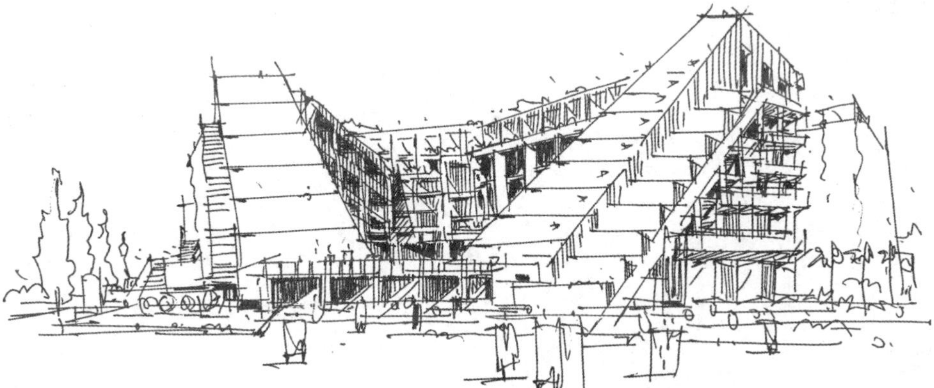

校友会要把“六个校友”理念细化为创新的工作举措，积极发挥沟通母校与校友的信息交流作用，发挥母校温暖校友的传情作用，发挥团结校友共商母校发展大计的智囊作用，发挥组织校友用各种方式回报母校的协调作用，发挥促进校友在自身的事业领域蓬勃发展的助推作用，努力把校友联谊会办成学校的窗口、校友的桥梁、温馨的家园，使母校与校友在感情和事业上联系得更加紧密，互动得更加有力。

二级学院要在校友会的指导下，充实组建自己的校友资源库，积极开展校友联络机制创新，让校友参与到学校人才培养全过程以及办学实体经营全方位，贯穿到入学教育、教育教学、顶岗实习、就业创业全领域。各有关部门要进一步扩充校友建设项目，明确校友返校接待流程，创新在校生与校友互动机制，丰富学校文化标识创意产品，完善校友基金捐赠实施的透明化。

校友工作每向前推进一步，校友文化氛围就更浓厚一分，学校的发展步伐就加快一码。我们将不辜负广大校友的厚望和重托，继续保持办学特色，不断提升办学水平，更好地为广大校友服务，为行业和地方发展服务。

2014 年 12 月

燃烛犀照守文澜

校报文化是由师生共同创造，并对师生产生思想政治教育效果的连续性出版物载体所构建的文化生态。我校校报是开在21世纪的我国校报文化丛中的一朵文化新苗。校报一经创刊，就以半月刊的形式持续而不间断地记录、见证了学校走过的极不平凡的历程。皇皇400期1000万文字，量的积累积淀建构了江苏建院独树一帜的校报文化，孕育、观照了江苏建院生生不息的文化之脉，铭刻凝聚成“厚生尚能”的校训，彰显出建院人特别能战斗、永远争一流的精气神。

事非经过不知难。当今天《江苏建筑职业技术学院报》迎来创刊400期的里程碑时，回望过去走过的每一步，才发现这从来都是一条踏平坎坷、披荆斩棘的开拓之路、奋进之路，无数的老师、学生、校友接力为这份小小的报纸倾注了无穷的智慧和汗水，虽经历有校庆30年全景特刊、纪念特刊时“洛阳纸贵”的高潮，但更多的是新时代10年以来校报所面临的低谷。作为学校迈入高教之林的标志之一，校报从第1期到第400期，让读者见证了自身从璞玉浑金到知性端庄的气质蜕变，它犹如一幅卷轴画，同步记录、徐徐再现了学校升格以来在高职教育锐意进取、改革创新、负重前行的重要历史事件、重大历史时刻。校报在我校事业发展中的校史档案价值、历史文化价值，在促进人的全面发展、繁荣高校校园文化、发挥咨政育人作用等方面所做出的贡献，历史终将铭记，时间不会磨灭，未来更有可为。

在今天融媒体狂飙突进的传播态势下，校报的发展遭遇到了难以克服的瓶颈期。这种难以克服性主要体现在技术的迭代差距和内容生产的审核机制上。但正如一枚硬币的两面一样，校报的危机中同样孕育着新的机遇。校报完全可以搭上数字时代的列车，以数字报来取代“油墨香”，因为数字报今天所能传播的广度和速度远非繁琐的邮寄及人工的分发所能企及。新媒体自身存在的快餐化制作、情绪化宣泄、舆情的不可把控性等等问题也亟需校报正本清源，校报“内容为王”的核心优势叠加融媒体的传播优势，必将让校报焕发新的生机。校报独有的新闻生产机制、策划采访机制、审核把关机制让文化精品不断呈现，让文化价值超越历史，让大学所积淀的文化之崇高被社会所仰望。校报亦不再桎梏在校园内，真正成为面向社会公开宣传学校的基本建设、教学科研、师资队伍建设、产教融合等全方位发展成就，展示学校良好办学形象的一个新的窗口。

千禧年的 12 月，校报创刊号破土萌芽，23 年来，我们在办报实践中认识到，真正坚守的不仅是把校报办出来，而是坚守大学文化高地，矗立起大学文化的高塔。如果我们翻看这 400 期洋洋大观的文章，能够穿透历史雾障的，永远只是那些关乎情感审美、哲理思辨、观念思想等人类永恒的文化主题类文章，这是校报熠熠生辉的文化结晶。如果不能够认识到这一点，那么办校报就成为为了办而办的鸡肋任务。如果说，学报支撑起了一所高校的学术水平，那么，大学文化的崇高、厚重、深邃，恐怕再也找不到比校报更合适的担当者了。

在现代职业教育体系改革深入推进，我校迎来职教本科创建的关键历史节点，校报应以 400 期为新的起点，坚持为国育才的正确方向，坚持以文化人、以文育人的文化导向，坚定文化自信，始终高扬中华优秀传统文化的风帆。高职教育作为独特的教育类型和不断成熟的教育体系，其文化特色的形成也不是一蹴而就的，校报应甘当文化守望者，坚守“小天地作出大文章”的文化使命感，发扬“板凳要坐十年冷”的工匠精神，慢工出细活，久久方为功。要具有大历史观，紧紧围绕我校办学40多年所形成的军校文化、煤炭文化、建筑文化的独特发展历史和文化传统，搭建交流研讨的文化沙龙，钩沉鲜活而厚重的历史光芒，让“三个文化”更加有血有肉，把“三个文化”全面融入课程思政，用“三个文化”厚植建院人的风骨。

校报不是被动地记录学校的历史，更应担负起校园文化的策源地，自觉弘扬古今中外一切有益文明成果，有意识地去引领、提炼学校的校友文化、职业文化、师德文化、特色校园文化、红色文化等。校报不需要微信、微博那样的喧嚣，更不必去争点击率、阅读量的风头，它需要做的就是静下心来，站在媒介的边缘，去思考这一方土地上文化的起承转合，用多种渠道去关注文化，用多种手法去表现文化。校报必将在书写我校更加辉煌的办学历史和弘扬更为可贵的建院精神中绽放出更加璀璨的光芒。正所谓：方塘小园未可知，燃烛犀照守文澜。

附言：2023年年初，校报喜逢创刊400期的发展里程碑，校宣传部请几位老报人写点东西以作纪念。作为最早一批创刊人，我对校报的每一个特殊纪念日都心有所感，都有诉说不尽的缱绻情思。

2023年2月

大学生要自觉担当中华优秀传统文化的弘扬者、践行者

2017年4月15日、16日两天，第一届礼射国际学术研讨会在我校举办，与会的海内外专家学者从礼射的文化内涵、弓箭器物的制作以及技法礼仪展示等全方面开展了交流、研讨。承办国际上第一场以礼射为主题的学术研讨会，充分说明了我校在礼射文化传承上形成了一定的品牌特色。

近年来，在我校“六个一”文化素质工程的引领下， 我校积极开展礼射、舞龙舞狮等特色鲜明的传统民族体育运动，大学生射箭队在全国大学生射艺邀请赛上一举夺魁，建成了全国第一个礼射专用场，成为清华大学中国礼学研究中心第一个礼射研习基地，学报成为国际礼射文化研究的学术交流平台，礼射传统文化从点到面、全面发轫的良好开局初步形成，走出了一条中华优秀传统文化融入高职校园文化，融入高素质技术技能型人才培养的新路。

“射以观德”。礼射作为我国古老的射箭运动衍化传承下来的综合制作技艺、礼仪文化，是体现“反省内求”之“道”的中华优秀传统文化的重要组成部分之一，今天不仅具有较强的体验性，而且在塑造大学生内外兼修、术道并重、德技双馨的综合素质上具有裨益。我校礼射文化的实践探索充分证明，中华优秀传统文化仍然具有当代生命力，具有与高职教育文化相契合的因子。高职大学生既是最大受益者，更应该成为弘扬中华优秀传统文化的主力军。

高职院校要从“立德树人”的高度，着眼于高职大学生人文精神、实践精神、创新精神，加强中华优秀传统文化进校园的顶层设计，营造现代职业文化与古典气韵有机结合的高职校园文化氛围。推进中华优秀传统文化进校园是一个长期系统工程，首先这需要领导的高度重视和支持，这样才不会把传统文化进校园变成一阵风、一场秀。只有久久为功、一点一滴地积累，才能形成文化的品牌和特色。同时加强创新驱动，从理念创新、体制机制创新、管理创新入手营造传统文化落地生根的土壤。我校要进一步以礼射文化品牌为突破口，立足徐州丰富的历史文化资源，立足我校成立的大学生文化中心、体能中心和素质教育中心的合力优势，积极引入徐州非物质文化遗产，让高职大学生在动手、立身的文化体验学习中践行工匠精神，进一步掀起越来越多的大学生参与文化传承创新的热潮。

在当前全球文化思潮多元多变、交流交锋频仍的时代背景下，教育工作者要树立高度的文化自信，增强中华优秀传统文化“两创”育人的责任感和使命感。要按照创造性转化和创新性发展的总要求扎扎实实推进中华优秀传统文化进校园、进课堂、进教材。弘扬中华优秀传统文化没有旁观者。教师不仅要传授学生以知识，更要传授知识的灵魂——文化，尤其是中国人之为中国人的独特思维方式、价值观念、人文精神、传统美德等中华优秀传统文化的骨骼、经络和血肉。要充分利用现代信息技术手段，通过影像化的多媒体呈现、仪式化的育人载体、体验式的现场带入等，不断创新中华优秀传统文化进校园的方式方法，从而筑牢高职大学生中华优秀传统文化的“根”和“魂”，成为建设美丽中国的和谐力量，自觉担负起中华优秀传统文化的弘扬者、践行者的使命。

中华优秀传统文化是我国不断发展的固有根本和源头活水。抛弃传统、丢掉根本、堵塞源头，就等于割断了自己的精神命脉。背靠中华民族万年文化史、五千年文明史，每一名高职大学生怎能不油然而生勃勃的文化自信，怎能不具有对中华民族一脉相承的精神品格、精神特质、精神脉络的文化传承的基因自觉。让我们行动起来，为中华优秀传统文化的复兴而戮力前进。

附言：2017 年 4 月，我校射艺场暨清华大学中国礼学研究中心礼射研习基地揭牌启用，并且，我校还承办了首届礼射国际学术研讨会，“射以观德”的传统文化在当代大学生中得到扎根传承。有感于礼射文化之勃兴，遂作此文。

2017 年 4 月

叁

怀人篇

HUAIREN PIAN

教育就是要回归到“教人求真，学做真人”的本源。

感受欧阳中石大师风范

3月15日，北京。

虽春寒料峭，但北方早晨明晃晃的大太阳却有点让我们睁不开眼。

今天真是一个好日子，好得让我们有点激动！因为我们要去拜谒欧阳中石大师，邀请他为我校题写新校名。

我们怀着紧张、兴奋的心情，像同门师兄弟面见自己的尊师一般恭敬地站在欧阳中石先生的家门口。

欧阳中石先生现任首都师范大学教授、博士生导师、全国政协委员、中国书法家协会顾问、中国画研究院院务委员。他得到逻辑学家金岳霖、京剧大师奚啸伯、书法家吴玉如的真传，并衔其余绪，继承创新，融会贯通，终成一代大师。

我们到了北京后，首先和王旭善书记的老朋友，现任北京大成房地产有限公司的刘维山书记取得联系，刘书记亲自驾车带着我们来到首都师范大学，在该校党委书记张雪的积极联系下，由欧阳中石先生大弟子、我国第一位书法专业女博士和女博导、现任首都师范大学社科部主任的解小青带领我们拜访欧阳中石大师。

欧阳中石先生今年83岁了，但耄耋之年的他仍然精神矍铄，每周二仍然坚持到书法研究所给他的博士生上课。我们一进家门，欧阳中石先生就热情地站在门口与我们一一握手，并领我们去书房。书房四壁全部被书夯筑成了书墙，我们四五个人进来，一下子让空间变得局促，却让我们离大师更近了。

先生衣着简朴，上身穿着一件藏青色的中山装，一排5个纽扣，只扣了中间2个，脚上穿着一双布鞋，白发银如雪。

我们把欧阳中石先生1994年为原徐州师范学院教育碑园撰写的“春风化雨桃李成行”碑帖照片交给了先生，先生拿起放大镜从上到下一丝不苟地看，连说：“这是我写的，这是我写的字。”

曾凡远主任向先生简要介绍了我校的历史沿革及取得的发展成就。

“徐州”，先生一听我校地处徐州，马上用地道的徐州话说出了“徐州”两字，一下子缓解了我们的紧张，拉近了我们和大师的距离。他说：“徐州历史上是属于山东的，我和你们是一家人。”先生的话匣子打开了……解小青悄悄地对我说：“先生其实是非常健谈的。”我理解，这是一名自称“教书匠”的大师对教育的不解情结。先生在一甲子的教学生涯中，以教书匠的身份教遍从小学到博士的所有年级、多个科目；他开创了我国高等院校从专科、本科、硕士到博士的完整书法教育体系；他治学广博，国学、音韵、绘画、文学、京剧，凡有所涉，俱臻化境，却自嘲为无一专精。

今年春节期间，先生还代表书法界在中央电视台首届网络春晚挥毫泼墨。在先生书房众多书籍的掩映中，立着一张照片，定格着先生同党和国家的领导人握手合影的瞬间。先生是公认的一代宗师！

我们与先生合影留念，他坚持要站起来，让我们后学由衷钦佩。我们起身辞行，先生坚持送到门口，并一一与我们握手话别。捧着墨宝走下楼，楼下的迎春花已经灿然绽放。

欧阳中石先生是一本厚重的书，半个多小时的会谈让我们近距离感受到了一位大师的深厚教育情怀，这将成为我们树立人生标杆、受用一生的宝贵财富！

附言：2011 年初春，学校成功更名。3 月 15 日，受校党委委派，我随同学校宣传部原部长方桐清、党政办原主任曾凡远到首都师范大学，请欧阳中石大师为学校及校报题写校名、报名，得以有幸与大师面对面。

2011 年 3 月

永远的油墨香

欣闻校报迎来创刊20周年，作为一名曾经陪伴校报一起走过10个春秋的老办报人，内心感慨万千……

20年，弹指一挥间；20年，报刊两风流；20年，建院三文化。

20这个数字也是我参加工作的时间。借着校报创刊20年的特殊时间节点，我的思绪也一下子拉回到20年前，我的第一个工作岗位、第一项工作任务都和校报密不可分的。20年前，学校刚刚升格，校党委就高瞻远瞩地做出了创办“一报一刊”的谋划。2000年9月，我刚刚参加工作，就接到了创办校报的艰巨任务。为了实现“当年拿号当年出版”的目标，申请国内统一连续出版物号就成为创刊的第一步，没有刊号，那校报就是内部刊物。申请刊号是第一步也是最难的一步，学校之前既没有现成的经验，我也是一个刚刚工作的“小白”，要电话咨询省新闻出版局报刊管理处，逐条对照填写表格、准备材料，材料齐了就跑一趟南京，到了南京，先到省教育厅盖章，后到省新闻出版局交材料，再询问还缺什么材料，再回来补齐，再跑南京，也不记得往返徐州、南京多少趟了。2000年10月31日，我又按照党委要求，同徐思田教授一起北上到天津，请王学仲大师为校报题写报名。在这期间，我还要做创刊号的内容组稿工作。终于在2000年12月8日，校报的前身《徐州建院报》创刊号出版了。这是我校办学历史上第一个具有国内统一刊号的校园出版物，对我校校园文化的繁荣发展具有划时代的意义。当时虽然大部分工作都只有我一个人在干，但想到我一点一点完成了校报的“接生”，见证了校报新生命的诞生，这个生命即将带给学校以前不曾有过的色彩和光芒，我觉得所有的辛苦付出都是值得的。以后每每回想起来，我都为能够完整地参与到校报创刊的这一历史过程而深感自豪。我与校报，工龄和报龄同轨共轭，这真是一段妙不可言之缘啊。

20年了，校报已经从一个不太好看的新生儿长成了一个俊俏的大姑娘，校报人虽然换了一茬又一茬，但每一个校报人，每一届校报编辑委员会，都会用心用情地办好每一期校报，为她雕琢明亮的双眸，雕刻专业精致的容颜，配上多彩迷人的服饰，还赋予其深邃的思想，美好的灵魂，静静地陪她度过创刊2周年，创刊100期、200期，创刊10周年的每一个重要成长时刻。

2016年初，我离开校报工作岗位，在新的工作舞台上迎接新的挑战，我更加感受到办报生涯所给予我的全方位的锻炼。这一年，我结合自己在校报工作岗位上的实践，出版了《坚守与转型——文化传承创新中的大学校报》，对自己钟爱的校报事业做了一个总结和交代。2018年我获得江苏省高校校报研究会颁发的“突出贡献奖”，这个奖杯里铭刻着我与校报的点点滴滴、酸甜苦辣故事。从此，我又害了一种病——收藏校报合订本，继续着欲说还休的缱绻之情。

数字化时代的今天，当代大学生呈现“说网话、办网事、过网日”的生活状态，愈发凸显校报的窘境和无能为力之感。这不是时代抛弃了校报，而是要求校报要重新定位自身。窃以为，把握好三个新定位，找到自己在媒体格局中的位置，才能发挥出校报不可替代的作用。一是站在政治高度，明确校报的定位，在校园媒体融合中发挥新主导作用，做好正确舆论导向的“定盘星”，使校报“稳”与“准”的传统优势借助新媒体的“快”与“活”形成新优势。二是站在文化高度，从新闻定位向文化育人定位转型，把校报办成以文化人、以文育人的文化策源地。注重挖掘新闻背后的新闻，注重搭台唱戏，孕育高职校园文化的内涵精神。三是树立大历史观，从“为校存史”的定位上重新评估校报内容，让校报成为学校历史的记录者。

办好校报，离不开校党委的重视和支持，但归根结底取决于办报人的认识和理解程度。办报人视其为鸡肋，那办出来的校报就如一副鸡架；办报人视其为宝藏和舞台，发扬“甘坐冷板凳”的坚守精神，保持永恒的创新精神，那校报就会是师生的良师益友和学校的思想高地、学习园地及育人天地。

校报的历史，就是记录这个学校日新月异发展的文化日记；江苏建院的文化必将因校报而更加生动多姿。衷心祝愿校报永远做高职校园的文化守望者，永远散发沁人的油墨香，努力传播好“四史”，持续推动中华优秀传统文化的“两创”，不断提升校报的“四力”，为培养能够担负起民族复兴大任的时代新人做出新的贡献。

附言：1月7日，校宣传部原部长葛志亮打来电话，告知准备策划校报创刊20周年座谈会，请我参会发言，并让我写一篇纪念文章。临近期末，诸事缠身，思绪不宁，一连写了数日才完稿。

2021年1月

纪念“于永正”，莫如读懂“他”这本书

著名小学语文教育专家于永正老人溘然长逝了，我心中既有种同为教育人的深深惋惜，更为于老一辈子献身教育事业的赤诚之心而肃然起敬！从于老身上，我们看到了一位全心全意践行“理想信念、道德情操、扎实学识、仁爱之心”好教师标准的当代楷模。他虽然离开了我们，但他的信念之塔、精神丰碑和道德高风却永远矗立在教育人的心中。

人的生命总是有期限的，但是一个人的影响却是可以和知识一样“无涯”。于老留给我们的厚厚的6卷本《于永正教育文集》是他生命的延续，也是他生命厚度的体现。这些在课余的零碎时间里“琢磨”出来的副产品是他思想的结晶，是留给每一位走上基础教育工作岗位的年轻教师的馈赠，也是一份启发职业教育界、高等教育界深化教育教学改革和提高人才培养质量的精神财富。

于老一生推崇身教重于言教，他说，身教无痕，所以他常常让他的学生来读他这本“无字的书”，他甚至还对身后事做了最后的“师说”——希望网友们千万不要闭上眼睛想象他，要睁开眼睛看看他。我想，对于老最好的纪念与学习莫如从读懂“于永正”这本书开始。

我们要“读懂”他用半世纪的讲台坚守践行“真”的一世初心。备

好一堂课很容易，但要几十年如一日地像第一次备课一样准备每一堂课则尤为可贵。于老把他对教育的真爱，化作默默的平凡坚守，诠释了一名教师的崇高品德。现在有个流行词叫“职业倦怠期”，有研究表明，教师的职业倦怠期一般为三至五年。但在于永正的字典里，不仅永远就没有“职业倦怠期”这个概念，而且从他走上工作岗位的第一天一直到闭上眼睛，他都是以初心不改的纯真之情燃烧着，不为名利所扰，不讲条件待遇，他的爱永远如孩童般的真诚纯洁。他在退休之后还说：“假如时光倒退十几年，不要多，只十几年，再给我一次从一年级带到六年级的机会，再让我教一届小学生，把我现在相对的成熟献给学生，那该多好哇！”这份赤心怎能不令人动容？正像他提出的“简简单单教语文”一样，他也把这份简简单单的真心给了小学教育事业。因为这份真心，所以他把教师职业干成了一份永远不老的教育事业，把培育、浇灌祖国之花作为自己永不懈怠的教育使命和教育责任。

我们要“读懂”他把“读写思”作为其教书生涯的伴侣。“读写思”和胡琴、京戏一样都是于老的兴趣爱好。艺术的熏陶让他把语文课上成了语文教学艺术，“读写思”的习惯让他开创了“五重教学法”“言语交际表达训练”的小学语文教学新境界。“读写思”应该成为教师的传家宝，可是现在部分年轻教师快要把这个传家宝弄丢了，一本教案“新三年，旧三年，添添补补又三年”。“读写思”在于老这里，不仅没有丢失，而且发挥了合力作用，读后有思，则写之记之；教后有悟，则思之进之；写之有得，则再读之思之。他深入体悟地说，认真写三年教案，未必成为一个优秀教师；认真写三年教学札记，一定能成为一个有思想的教师，说不定还能写出一个教育专家来。他还形象地把读与写比作清洁剂、充电器、双翼，把思考比作“消化生活的胃”。在知识快速更迭的今天，“读写思”应该成为每一名教育工作者的生活方式和生活习惯。“读写思”不是教师的专利，它属于我们每一个人，我们随时都可以拥有这个灵魂沟通的伴侣，用“读写思”来涵养身心，荡涤污秽，净化灵魂，与自己对话，让自己反思，让生活更有品位，更有质地，更富有人生意义。

我们要“读懂”以学生为中心的教育观是他一以贯之的追求。于老一生都追求在课堂上能把课讲得入脑入心，一生都在以做一个让所有孩子都喜欢的老师为奋斗目标。在他的教育观里，处在中心的永远是孩子们，而不是他的教案和教学。及至退休后，他仍然自责自己对孩子不够细心，自责自己管理方式的欠妥。如果说他用语文把孩子们的文化之根扎牢，那么他对孩子们的尊重、宽容、理解、严格和耐心就是滋润他们健康成长的阳光雨露。这和我们今天倡导的“课程思政”的全员育人理念多么地吻合！这给所有的教育工作者以启迪，教育就是要回归到“教人求真，学做真人”的本源。在这一点上，教育是相通的。今天我们继承于老“我越和学生相似，学生越亲近我”“正确激励学生”“成为学生的导师，而不是教师”的学生观，反思我们在基础教育、职业教育、高等教育中做学生思想政治教育工作的理念和方法，切实担负起学生健康成长的指导者和引路人的责任。

踏遍青山人未老。于老说过，教了50多年的书，最终我把自己教成了孩子。是啊，在孩子们的眼里，他永远是和他们一起做游戏的最笨拙的那个孩子；在他的弟子们的眼中，他永远还是那个初心不改的慈祥的老师；在后人的眼中，他永远永远都是那个擎起中华民族伟大复兴希望的国家脊梁。

纪念“于永正”，莫如慢慢读懂“他”这本书。

附言：2017年12月，《现代教育报》编辑约我写一篇怀念于永正老师的社评。这是发给报社的原稿，实际刊登有删减。

2017年12月

报缘与报人

如同文人买书、看书、藏书，与书天然有缘一样，被办报人视为拱璧的一定是自己心血结晶的报纸。世人爱看书话，因为书话里不仅有书，更有书后鲜为人知的掌故、事略。在报纸背后，同样浓缩着办报人的笑与泪、苦与乐，织就着与报相伴的日日夜夜。

我在去年年底出版的校报文化研究专著中，曾把我和校报缱绻的感情写成《寒江独钓待春来》一文，深情回忆了我与校报创刊、以校报为轴“三进三出”的工作经历、校报带给我的影响和改变等，由于是作为自序来写，故没敢让感情泛滥，适当收了收。听闻校报今年 4 月将迎来创刊 300 期，编辑部李老师约我这个老报人写点纪念文字，我一面自当责无旁贷，一面又怕感情的洪流一旦决堤，我与校报的牵绊与纠葛再难以放下。

自序小文是从参加工作开始起笔的。那么，就姑且把笔触荡开，让思绪多飞一会儿吧。上大学时，我也写过一篇以“我与校报”为主题的文章《在路上》，刊登在 1999 年 11 月 25 日出版的《徐州师大报》第四版。这个事直到 2015 年，在一个机缘巧合下，我偶然翻看《徐州师大报》的校报合订本时才蓦然发现。重读当年文，梦境渐依稀，雪泥鸿爪的校报往事又浮上心头。1999 年 11 月，为纪念《徐州师大报》复刊 200 期，编辑部薛老师策划了“我与校报”征文，并嘱我写一篇试试。或许由于自知文笔不逮，后来就没有怎么关心这篇稿件的命运。十几年之后再回想，我的大学时光，也谈了一场恋爱，是和校报。那个时候，每天想得最多的事就是写一篇什么样的稿件，能博得校报的青睐。我记得从云龙校区坐公交车到泉山校区采访老师，再回来梳理采访素材，先打草稿，后誊写成待发表的人物通讯稿。那时候不知道累，浑身像有使不完的劲。课余时间基本上都泡在校报编辑部了，为的是等来老师布置的任务，今天有个词叫“趴活”，我那个时候就是这个状态。直到今天，我仍然和当年宣传部的老师保持着亦师亦友的联系，心中也十分怀念经年未见的薛老师、张老师。张老师和蔼可亲，知道我一个穷学生上大学缺钱，只要看到我在办公室，就想着把稿费发给我。他们给了我真诚无私的帮助、关心，扶着我走上了这条道路。今天的我可能再也写出那样的文章了，但是，老师却教给了我比知识更重要的大爱、友善、责任。这让我在工作中始终谨记“不教之教”，不仅要把学生记者招纳进来，而且还要想办法把他们培养好。

走上工作岗位后，适逢学校刚刚升格，正在积极创办“一报一刊”。我在校党委的安排下，立刻“北上（题报头）南下（跑手续）”，经历了校报从无到有、从诞生到起步的点点滴滴。于是，稚嫩的我与稚嫩的校报一起成长，1 期、2 期、3 期……100 期、200 期、300 期。300 期真是一个了不起的成就。为什么说了不起，因为完成这 300 期报纸的出版，足足用了 18 个年头。这 18 年里，在校党委的大力支持下，校报评估达优，隆重举办了“感念十年，一路有你”校报创刊 10 周年系列文化活动。在一批批办报人的心血浇灌下，校报从丑小鸭变成了白天鹅，从稚嫩粗糙到文化风骨，我也有幸以一名校报人的名义参与、见证并记录了新校区奠基、两轮人才培养工作水平评估、建校 30 年华诞、国家示范院校创建、学校更名等重大历史时刻。回想早期办报，还要自己先在版样纸上画好版，把编辑好的稿件有序摆放，各归其位，就像建房子之前先有施工图纸一样，然后再拿到印刷厂去排版。印象里，几乎每一次在印刷厂改稿，我都要和排版员王老师因为改报纸争吵，并拖到很晚。有一段时间，因为加班缘故，我们连续吃了 3 天的木须肉盒饭，直吃得我们见到木须肉就发怵。校报刚创刊不久，我和朱老师、吴老师三个人挤在一间办公室里，商量为副刊起个刊名，几天都没有结果，最后朱老师拍板说，就叫“憩园”吧。于是伴着校报 300 期，《憩园》副刊也走过了 200 多期。2010 年为纪念校报创刊 10 周年而立在西校区的“憩园”文化石成为了学子休憩的又一佳处。300 期，校报人换了一茬又一茬，论干的时间长，谁都没法和工会孙主席相比，他从 2001 年被聘为第一读者后，就一直干到了现在。他才是校报真正的“钉子户”，我们要向他致敬！我还记得 2009 年，学校迎来 30 年校庆之际，我和邓老师一起自告奋勇，自加压力，要办一份校报校庆专刊，给学校献礼。我们俩从构思框架、征集素材，忙活了一个暑假，开学初才把 32 个版的报样排出来，为了不出差错提高效率，我利用晚上时间喊来了葛老师、邓老师一起到我家里校对报纸，大家围坐在饭桌边，招待的只有一杯清茶。改完报样，大家又扯扯闲篇后方才回家。后来，32 个版的全景特刊和 16 个版的纪念特刊出版后，在师生中一时“洛阳纸贵”，离退休老同志专门到编辑部来找回去收藏，那一刻，我的心中无比甜蜜。

我在拙著自序中有这样一句话：如果说，编辑赋予了校报以生命，那么校报也同样使得编辑的生命具有无限的价值。我在见到袁老师、刘老师、李老师办报中凸显的灵性与知性后，更加笃信这句话了。校报像熔炉一样，淬炼了校报人，他们大都已经成为学校各个岗位上的管理骨干。记得在一次部门例会上，我曾提出一个新颖的论调，新进来的年轻人，都应在宣传部或者在校报的岗位上锻炼 1 到 2 年。这不是我高看宣传一眼，而是从事宣传报道工作实在是锻炼人。年轻人，尤其是不在教学一线的年轻老师，不论是辅导员，还是其他岗位的人员，写作能力、创新能力是影响他们未来发展的重要因素。年轻人经过新闻宣传的身心全方位锻炼后，回到新的工作岗位，个人会自觉地对工作进行总结、思考、宣传、提炼，会有意识地把宣传视为工作的一个环节，会视创新为做好工作的第一要点。只知道跑东跑西的年轻人，工作谈何创新呢，人又如何能够脱颖而出呢？虽然我离开了校报岗位，但是我仍然坚持这个论调，就像方桐清处长的著名口头禅“不重视宣传的领导不是大领导”一样，那都是干过宣传的人才能领悟的真言啊。

每逢报庆，必然绕不开“我与校报”的话题，报缘与报人的故事还会有人讲起……

附言：2017年，校宣传部通知校报即将迎来创刊300期的生日，一闻则喜，在校报工作的往事顿时历历在目，谈些过去的掌故轶事，向所有为校报一点点发展壮大做出贡献的建院人点赞致敬！

2017年6月

当年情

光阴荏苒，白驹过隙，不觉已经毕业10年，离开母校的怀抱太久太久了。10年了，“团结、勤奋、求实、创新”的校训无时不在鞭策、激励着我们在事业上阔步前进，浓得化不开的母校情结无时不在内心挤压、扭曲、拧绞、烧炼、锤打着我们，催促着我们常回来、一定要回来看看。

我们来了，魂牵梦绕的母校；我们来了，心中向往的精神寄托。轻轻地、怯怯地触摸这块土地，时光仿佛回到了10年前——那温馨静谧的校园生活和拼搏奋进的求知岁月，那恩重如山的师长和情谊绵长的同窗。啊！你看，青春飞扬、朝气蓬勃的“风华正茂”雕塑依旧；你听，嘹亮的军号还似当年；你看，这是、那是我们上课的教室和卧谈的宿舍。啊！

母校越发漂亮得如一新嫁娘，新校区的蔚为大观，老校区的教学设施更加先进完备。我们以母校为荣，我们为母校而庆。

一壶浊酒喜相逢。同学们互相端详着、感慨着、激动着、兴奋着，像孩子似的，走路踏着风，想多看看母校的美；恭敬地拜望老师——我们心目中永远的丰碑；酒桌上又喝醉了，要在母校的怀抱里再撒一回娇。是啊，最平等的关系是同学关系，最纯真的情谊是师生情谊，最神圣的情结是母校情结。是啊，谁不为拥有这一刻而哭泣，谁不为拥有和母校的相遇而幸福？

相聚少，相聚美好；聚会短，友情永远；师恩不忘，母校不忘。母校的壮大发展，我们感到骄傲和光荣，我们的美好未来是母校的殷切期望，我们取得的每一点进步和成就是在为母校增光添彩，我们走过的每一步也将铭刻在母校的历史篇章中。让我们珍惜泉山脚下的相聚，回忆激情往事，分担坎坷经历，分享成功喜悦。愿同学们健康愉快，拼搏奋进。愿我们的母校蒸蒸日上，辉煌齐天。

附言：2014年，由我担任班主任的建材01-1班迎来了毕业10周年聚会。因要制作通讯手册，我的学生希望我这个老班来写一个前言。收录时对“前言”的标题做了润色，改为“当年情”。

2014年10月

青春向阳开

2014年仲春，校园广播台迎来了成立25周年的特别时刻。为了纪念这一属于全体广播人的节日，广播台全体成员一起精心制作了这本青春纪念册——《时光笔迹》。我觉得这是一件很有意义的事情——用文字、图片和声音一起丰富广播台的成长档案，见证广播台的时光笔迹，回忆广播台的家庭成员。

祝贺广播台25岁！作为我校校园文化的品牌之一，广播台也是我校目前80个左右学校社团中成立时间最早、最受同学们喜爱的学生自治组织之一。它以独有的电波承担着全校的早操信号任务，传播着学校要闻、时政大事、文学音乐、文化艺术等内容，记录着学校发展壮大的不平凡的历程。

付印之前，详细翻看了这本册子，不禁产生内心的共鸣，不仅被其收录的文字打动，似乎更触动我的是一群大孩子隐藏在册子背后的文化情怀，这是最难能可贵的了。从我断断续续对广播台多年的管理和关注看，这种文化情怀存续并延伸在广播台每一届的学生身上——他们以之为家，人性化管理张弛有度，执行力令人满意；他们传承“家风”，甚或固执地维护“家”的历史传统，尽管有时显得与时代不合拍；他们想念“家”的亲人，迎接亲人回“家”已经固化为其最隆重的文化仪式。从这个角度看，广播台无疑已经成长为成熟稳重、富有理想的青年才俊。

几间小屋、简单的音响设备已经多年不变了，但是一届又一届的广播台的同学们把广播梦作为他们最纯真的追求——哪里需要，就将校园电波在哪里发出——在学校就业洽谈会现场、在迎新现场、在单独招生考试现场、在运动会赛场……总有他们兢兢业业的身影。在广播梦的凝聚下，在广播工作的采访、编辑、导播、播音的工作流程中，他们培育了政治品质，提高了新闻业务素养，磨炼了意志品质，结下了不一样的同学情谊；在广播台经历的汗水与泪水、欢笑与痛苦，结集成了一本本刻骨铭心的青春纪念册。

记得 5 年前分管广播台工作时，广播台为纪念成立 20 周年出版了一本美文汇编《花开的声音》。5 年弹指一挥间，我内心深处很欣慰，5 年里又有 100 多名青葱少年在广播台的淬砺下昂扬自信地成长了起来。作

为最近5年来美文的汇编，该册子虽然篇章不多，但是构思精巧，设计的艺术气息扑面而来。衷心希望广播台在校党委行政的正确领导下，在校党委宣传部的指导下，大力宣传、弘扬高雅校园文化，传承中华优秀传统文化，在正能量中以文化人、以声传情，为构建社会主义和谐校园做出新的贡献。

借这个机会，谨向返校前来参加台庆活动的校友们表示欢迎！向为广播台发展付出智慧和汗水的所有广播人致敬！

2014年4月

肆

师说篇

SHISHUO PIAN

教师的全部工作就是为人师表。这就要求教师必须有远大的理想、诚实谦虚的品质、勤奋好学的作风和礼貌待人的素养。这就要求教师从小事做起，从自我做起，率先垂范，做出表率，以高尚的人格感染人，以整洁的仪表影响人，以和蔼的态度对待人，以丰富的学识引导人，以博大的胸怀爱护人。

师德建设工作“三要”

师德师风建设是高校培育和践行社会主义核心价值观的重要途径。我校师德建设工作起步早、基础实、成果多，但高职教育日新月异的改革浪潮也对师德建设工作提出了新的要求，既要矢志不渝，久久为功，又要创新创优，务求实效。

一是要对标“四有”好教师标准，增强师德建设的责任感使命感。师德建设工作，是学校书记、校长的重要工作职责，关乎学校声誉；也是老师个人精神世界的自我建设和自我完善的升级过程，关乎教师个人成长发展。学校师德建设工作的成效，归根结底要落脚到每一个教师个体，并通过教师的学术科研、教学治学、学风教风、化人育人、管理服务等大德育工作体现出来。因此，对标“四有”好教师标准，在理念信念、道德情操、扎实学识、仁爱之心的四维构式中找差距、补短板，应成为每一个从事教育事业的专业教师、管理干部、后勤人员、教辅人员的共同价值选择和自觉行动。如果说中国梦最坚实的土壤是在学校，那么教师就是最伟大的“造梦师”，如果说莘莘学子是实现“中国梦”的生力军，那么教师就是影响万千学子践行社会主义核心价值观，引导和帮助学生把握好人生方向，扣好人生第一颗扣子的播种机。

二是要继续夯实师德建设月活动品牌，在全校营造“崇德、尚德”的浓厚校风。从2007年第一次师德建设月活动至今，在校历届党委行政的高度重视下，师德建设月活动已经不间断地举办了八年，贯穿学校“十一五”“十二五”事业发展进程，已经成为提升教师教书育人水平，助推学校事业发展的校园文化品牌。我们要着眼于师德建设的重要性和紧迫性、长期性和艰巨性以及我校部分教师中存在的师德问题，继续夯实师德建设月活动品牌。宣传部门要加大对本次师德建设月成果的宣传力度，发挥校内传统媒体和新媒体的优势，把我校师德建设成果再一次向全社会发布。要把有关制度性成果运用到我们的教师管理、教学管理工作中，在实践中继续完善有关制度。要在充分利用师德建设月平台，做好集中性师德教育活动的同时，把师德建设工作作为一项长期性任务，把师德的有关要求与教师的培训发展、职称评定、评先评优、年终考核等等日常工作紧密结合。

三是要探索构建我校师德建设长效机制，助力学校事业持续健康发展。要在学校各部门分工协作、二级学院紧密配合的格局基础上成立学校师德建设委员会，构建师德建设的“一把手”工程，把师德建设工作作为教师思想政治教育工作的有机组成部分抓好抓实。要保证师德建设月活动专项经费的投入，满足师德建设工作出新、出彩、出成效的新要求，争取每一年的师德建设月活动都有1—2个新亮点，形成1—2个新成果。要加强学校师德相关制度建设，积极构建适应我校实际的教育、宣传、考核、监督、激励和惩处相结合的高校师德建设长效机制。

谆谆教诲点点滴滴尽显师德，句句激励朝朝暮暮皆为树人。教师的职业特性决定了教师必须是道德高尚的人群。让我们在校党委行政的正确领导下，在师德建设月活动的有效引导下，在广大教师培育和践行社会主义核心价值观的行动中，自觉朝着成为有理想信念、有道德情操、有扎实学识、有仁爱之心的党和人民满意的好老师而努力奋斗。

2014年12月

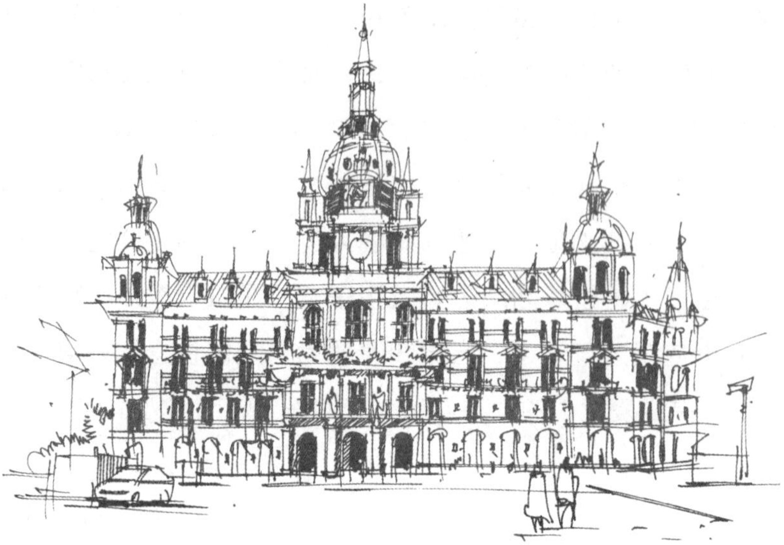

大力弘扬师德之魂

“百年大计，教育为本；教育大计，教师为本。”这句话说明了教师在教育中的重要基础地位。建设一支师德高尚、政治过硬、业务精湛、充满活力的高素质专业化教师队伍，是学校健康发展的源泉。

教师是个职业岗位，但是又不同于其他行当，因为教师所面对的是有血有肉的人，从事的是启迪人、塑造人、完善人，让人找到自己生命价值、生活意义的工作，这决定了教师不是教育流水线上的教书匠，生产的不是冰冷的产品；教师不只是简单地教书，更主要的是育人；教师全部的工作价值感、成就感来自桃李满天下，而不仅仅是个人的名利得失。这就要求教师首先是道德上的合格者，在教学活动中以德立身、以德施教、以德育人。

我校党政十分重视师德建设，从2007年启动师德建设月活动以来，大力宣传师德典型，大力弘扬师德师风，收到了较好的教育成效。毋庸讳言，在社会转型及商品经济浪潮冲击下，我校个别教师身上也不同程度地存在着铜臭气、功利心以及作风懒散等问题。例如：不履行手续，长期找人替课行为；在教学活动区不注意个人言行，上课接打手机、抽烟；上课迟到早退，以自习代替上课等等。有人认为这些不属于师德内容，实不然，师德作为道德品质的一个领域，亦是由道德认识、道德情感、道德信念、道德意志和道德行为等因素构成的。教师的日常行为、习惯恰恰是在道德意识支配下的行动。师德既和教师的职称高低不成正比，又和教师的职务高低不成正比，评价一个老师的师德品行，既要察其言，更要观其行；既要重视“有言之教”，又要重视“无言之教”。这就要求教师在教学上要严谨治学、敬畏管学；行为上要为人师表、身正为范；对待学生要爱心有加、心灵沟通；对待名利要淡泊宁静，志趣高洁。

高职教育担负着为生产、建设、管理第一线培养数以亿计的高素质劳动者和专门技术技能人才的重任，我们培养的高职大学生的职业精神、职业道德如何，除了专门开设的课程教育以外，教师自身无时无处不在给每一位大学生上着生活修养课、职业道德课。已经毕业的校友所怀想、钦佩，并一直喜爱的也无一不是师德境界上的高拔者。

日前，我校师德建设月活动明确了八个方面的工作任务，力争形成包含制度建设、征文体会、教师评选、教学检查在内的师德建设的显性成果。把这每一个方面都做好，要依赖建院的有德之师，才能真正扎实地做好这件有德之事。

一个人遇到好老师是人生的幸运，一个学校拥有好老师是学校的光荣，一个民族源源不断涌现出一批又一批好老师则是民族的希望。我们在成长的道路上已经遇到了感激一生的好老师，我们也将成为学校未来发展的栋梁，我们更在脚踏实地、默默无闻地培养着中华民族无可限量的“梦之队”。让我们从自身做起，加强师德修养，力行师德规范，锤炼师德品格，涵养师德尊严。

2014 年 10 月

坚持不懈抓好师德师风建设

日前，我校连续出台了《关于组织开展第四次师德建设月活动的通知》和《关于开展向全国教书育人楷模吴邵萍同志学习的通知》，要求各个单位迅速掀起学习师德模范的高潮，营造崇尚师德师风、争做育人标兵的浓厚氛围。

教师是办学的主体，是创建高职名校的关键。名校要出名师，名师要有明德。师德师风既是一个学校办学水平和办学实力的重要标志，又是学校办学质量和办学效益的竞争力所在。师德师风决定着学校的学风和校风，决定着一个学校的精神风貌和人文品格。顺利高分通过国家示范建设验收，创建高职名校，首先必须要有一流的师德师风。师德师风不正，则责任心不强，人才培养质量就无从谈起。迎接国家示范建设验收，不仅仅要有国家精品课程、高水平实验实训基地、科技服务到账额度等显示度指标，更离不了师德师风建设的隐性成果。我们一定要从学校发展的战略高度出发，统一思想，提高认识，把师德师风建设作为我校立足新起点、谋划新发展、再创新辉煌的关键环节抓好。

人人都要争当师德模范，这是教师职业本身的基本要求。道之所存，师之所存也。自古以来，人们通常将教师的师德和作风看得很重要，“传道、授业、解惑”“三位一体”的师者诠释中，传道居于第一位的属性充分说明了教师第一位的职责是对学生进行思想道德的指引，人格品质的塑造和“三观”教育的涵养。这就要求教师要德才兼备，以德为先，为人师表，立德立行，这既是对所有教师的共同的基本要求，也是每一位教师需要永远自我修炼的“内功”。

人人都要争当师德模范，这要求我们的教师多向榜样学习，多向先进看齐。孔子曰：“见贤思齐焉，见不贤而内省也。”吴邵萍就是新时期人民教师的优秀代表，从她身上，集中体现了新时期人民教师忠于教育事业，热爱祖国、服务人民、教书育人、为人师表的高尚师德和无私奉献精神。我们既要认真学习吴邵萍同志的先进事迹，又要积极寻找身边的榜样。在学校事业发展的各条战线上都有我们可亲可爱可敬的教师在默默奉献，正是由于多年来我校广大教师爱岗敬业、辛勤耕耘、无私奉献，才铸就了我校今日的成就和良好的社会声誉。

人人都要争当师德模范，这要求我们要发挥好“创先争优”活动的载体作用。这一活动的关键是各级领导干部，只有广大干部具备敢于创新、勇于争先、甘于奉献的良好师德，努力争做创先争优排头兵，才能引领广大教师弘扬高尚师德，提高师德素养，遵守师德规范，努力造就一支师德高尚、业务精湛、团结向上、开拓创新的教师队伍。希望我们的教师爱岗敬业、关爱学生、刻苦钻研、严谨笃学、勇于创新、奋斗进取、淡泊名利、志存高远，不断提高师德素质，真正做到铸师魂、立师德、正师风、树师表，做一名学生喜欢、人民满意的人民教师，积极投身到我校国家示范建设的各项工作中去，共同建设徐州建院更加美好的未来！

2010 年 10 月

今天你“规范”了吗

日前，在我校国家示范建设一周年之际，在全年 80 名教师、干部出国（出境）学习世界先进职教理念开创历史新纪元之际，我校教师日常行为规范出台了。重提教师日常行为规范，而且以文件的形式印发，似乎在给我们透露几个信号——可能我们的教职员工中确实存在着影响教师形象的行为——抑或是学校居安思危，对后示范形势下学校健康发展的深谋远虑。

孔子曰：“其身正，不令即从；其身不正，虽令不从。”我国教师的鼻祖孔子在 2000 多年前就已经告诉我们“身正为范”的师道尊严——这是教师职业亘古不变的师德师道精神与品质的烛照，也是当前国家示范建设对师资队伍新要求的“不语之语”。全校的教职员工都具有育人的责任，都在从方方面面为学生服务——教给他们做事的本领，提供给他们学习、感受文化的环境，示范给他们做人的道理。从这一点说，“身正为范”是对每一名教职员工无言的规范。不管你注意了没有，每一个人都已经通过自己的日常行为规范影响了学生，影响了学生对学校的印象，甚至影响了学生的一生。

世上有生性放达之人，不拘小节；有生性缜密之人，谨言慎行。生活原本不能强求千人一面。但是，教师作为人类灵魂的塑造者必然要求其“以身立教”，成为遵守社会规则、规范的示范者。你的日常行为反映了你的品格、品德、气质，反映了中华民族的素质，反映了你的一生的轨迹。《日常行为规范》像一面镜子，徐州建院的每一名教职员工都要站在这面镜子前，整整衣冠，发现不雅。《日常行为规范》像一句口令，你传我，我传他，言之凿凿，意之切切。《日常行为规范》像一部交通法规，高悬在头顶，内化在心灵。

在我校南北主干道上，有这样一个文化灯箱：“播下一个行为，形成一个习惯，养成一种品德，种下人的一生。”让我们共勉吧！

2009 年 12 月

让教师成为社会上最受尊敬的职业

从1200多年前韩昌黎先生提出“师者，所以传道受业解惑也”的《师说》，到今天“成为青少年学生健康成长的指导者和引路人”的殷嘱，无不证明了教师的独特职业属性。让教师成为社会上最受尊敬的职业，既是对全体教师提出的殷切希望，也应成为每一名教师“乐育天下英才”的自勉自励。

教师理应成为全社会最受尊敬的职业。在人类文明的长河中，教师是文化知识薪火相传、继往开来的火炬手。推动教育事业又好又快发展，培养高素质人才，教师是关键。没有高水平的教师队伍，就没有高质量的教育，没有高素质的教师队伍，就没有高质量的人才。

教师理应成为全社会最受尊敬的职业。在一切产品的生产中，只有教师从事的是人的灵魂的塑造，是教育产品的丰富性、个性化赋予了教师独具的崇高的职业道德。走上三尺讲台，教书育人；走下三尺讲台，为人师表。教师不仅是知识文明的传播者，更是莘莘学子道德基因的转接者。教师的职业素养、品德操守反映了社会的进步程度和文明程度。

师德决定了教师素质的高低。信息社会里，海量的知识让最渊博的教授也望洋兴叹，知识的新陈代谢让最勤奋的教师也一声叹息。但是不论科学技术如何发展，师德的要求却是亘古今而不变。教师缺失师德师风则学生不爱；不深受学生爱戴的教师，则师德不现；师德不现，则教育不兴。师德是教师最重要的素质。

高职教育担负着培养“数以亿计的高素质劳动者”的重任，是将巨大的人口压力转化为人力资源，推进政治经济、社会文化建设的重要途径。能否切实提高学生的思想政治素质、职业基础能力、创新精神，为社会输送人才力量，与教师的师德建设效果息息相关。高尚的师德不仅调节教师自身行为，还直接作用于学生，能够为社会提供具有一定道德素质的人才支持；具有优良品德的教师、学生还能影响家长以及社区其他成员的道德风貌，对形成良好的家庭美德、社会公德，促进社会形成良好的道德风尚具有重要作用。

师德的魂是爱生。“疼爱自己的孩子是本能，而热爱别人的孩子是神圣！”教师对学生的爱，从本质上说是一种只讲付出不求回报、无私的、没有血缘关系的爱，是一种严慈相济的爱，是神圣的大爱。教师为什么快乐？因为爱生，所以快乐；因为爱生，所以师魂凝聚成了一道道丰碑。

师德的本质是为人师表。我国老一代教育家叶圣陶说过，教师的全部工作就是为人师表。这就要求教师必须有远大的理想、诚实谦虚的品质、勤奋好学的作风和礼貌待人的素养。这就要求教师从小事做起，从自我做起，率先垂范，做出表率，以高尚的人格感染人，以整洁的仪表影响人，以和蔼的态度对待人，以丰富的学识引导人，以博大的胸怀爱护人。只有这样，才能保证教书育人的实效，学生才会“亲其师，信其道”，进而“乐其道”。

2500年前，孔子就曾告诫他的学生，要做君子儒，不要做小人儒。今天看来，成为一个具有高尚道德情操和精神追求、甘为人梯、乐于奉献的君子儒仍然是新时代教育工作者应该时时牢记于心、践之于行的目标。

2007年8月

传道以德正师风

中国古代即具有尊道贵德的传统，道德一直是中国这个“德性文化”的核心。道德建设的主要手段是教育，学校不仅应该为社会建设提供各类人才支持和知识贡献，而且也要为社会道德建设提供精神支持。学校应该成为道德教育的基地。

把学校建成道德教育和精神文明建设的基地，师德建设是关键。教育的好坏在一定程度上取决于教师的质量、水平，道德教育的好坏在一定程度上取决于师德的水平。没有一支师德高尚的教师队伍，学校就不可能成为道德教育的基地。

“人类灵魂的工程师”和“教书匠”是社会给教师的不同称呼，其背后反映出的教师品德的优劣可见一斑。有一种老师只是知识的传授者，把教师这个职业当作赖以糊口的饭碗，人们封他为“教书匠”，这样的老师当然也就谈不上对教育事业的忠诚，更谈不上关心爱护学生。还有一种老师，不仅“授业”“解惑”，而且还“传道”。这个“道”就是在教学过程中把教学生“学会做人”纳入自己的职责范围，也就是教给学生“举一隅而以三隅反”的思维，教给学生“大道不器”的思维；就是为人师表，用自己的卓越人格、敬业精神去“润物细无声”。这样的老师也就一定能够忠诚于教育事业，一定能够关心爱护学生。于是，社会送给他“人类灵魂工程师”的花环。

“善歌者，使人继其声；善教者，使人继其志。”这是教师的创造性劳动和崇高职责。我想，在教师节这一天，我们不仅要有全社会对教师的尊重，同时我们还应大力提倡师德建设，并在全校师生中开展一场轰轰烈烈的师德大讨论。

2003 年 9 月

伍

追梦篇

ZHUIMENG PIAN

21世纪是一个终身学习的世纪，学习是每个人度过幸福人生的智慧。无论在任何年龄阶段，一个人的自身拥有都是真正的和唯一持久的幸福源泉。那就让我们一起点燃终身学习的火炬，照亮着自己前行、登攀的人生方向。

我们都是“梦之队”的成员

夏天是圆梦的季节，2013年，江苏建筑职业技术学院又有3900多名毕业生即将完成学业，开启人生新的征程。我们要向你们经过刻苦学习，一朝梦圆表示衷心的祝贺，我们更要对你们发扬建院精神，砥砺建院风骨，续写个人的青春梦表达美好的祝愿和期许。

青年朋友们，梦想是你们的青春之歌。你们即将依靠自己学到的知识、技能打拼属于自己的人生舞台，在社会的“大学校”里编织着一个个美好生活的梦想。这个梦不是白日梦，不是不切实际的梦。你们要敢做梦。这个梦想不是简单的房子车子票子，而应该是个人价值实现的梦；这个梦想不是简单的富裕梦，更是对幸福和有尊严生活的期许。这个梦就是让你感到坚持是一种幸福的东西。

青年朋友们，奋斗是你们的青春之路。《尚书》有云：“功崇惟志，业广惟勤。”取得事业的成功，实现心中的梦想需要付出辛勤不懈的劳动，需要制定符合自身实际的人生规划。企图不劳而获，或者走歪门邪道终究有梦醒的一天。有奋斗才能开辟出成功的机会，有奋斗才能在机会来临时抓住机遇，更加接近自己的梦想。当每个人都为实现自己的梦想而努力工作时，人们就可以获取更多人生出彩的机会。

青年朋友们，学习是你们的青春之源。大学毕业仅仅是学习的一个阶段的结束，经济全球化和文化多元化的发展对你们的素质提出了更高的要求，你们必须要到社会的大课堂里学习，既要学好有字之书，更要学好无字之书，要用学习贯穿奋斗的历程，让终身学习成为实现个人梦想的助推器。你们的许多校友在学校培养的基础上，通过个人的后续学习和努力，目前已经成为各行各业的佼佼者。希望你们向杰出校友学习，铸就人生的辉煌。

青年朋友们，梦想连接奋斗，学习决定命运。你们都是“梦之队”的一员，母校将永远做你们的啦啦队，为你们、为梦想而鼓掌、欢呼！

2013 年 6 月

沉入海底　浮出海面

2002 年度毕业生供需洽谈会在学校有关部门的齐心协力下取得了圆满成功，达到了预期的效果。

我们欣喜地看到，熙熙攘攘的供需洽谈会，不只是毕业班同学的盛会，许多非毕业班的同学也穿梭其中，感受“双向交流、自主择业”的氛围，憧憬着属于自己的就业职场。我想送给渴望实现自己人生价值的同学们一句话：沉入海底，浮出海面。

生活就像海洋，只有意志坚强的人才能到达彼岸。工作是谋生的手段，是生活的有机组成部分。对于正在为找工作而忙碌的同学们来说，万事开头难是普遍现象，不要为职场的暂时性失意与得意而苦恼。临渊羡鱼，不如退而结网。当你从资料员、施工员、记录员、杂事员等基础工作做起时，也就是新的学习的开始。必须在工作中学习新的知识，边工作边学习，边工作边研究。所谓意志坚强，我理解必须具有持续学习能力，以自身强大的意志力把这种自我学习能力坚持到底，贯穿职场始终。因此，走好职业发展的路，实现人生的价值，还须默念着“沉入海底，浮出海面”。

对于正在求学的莘莘学子来说，高考受挫没有宣判人生的终点，高职生不是失败的代名词，大学更不是挥霍青春的天堂。高职生必须要克服自卑心理，振奋精神，从头再来，用读书驱赶浮躁，用学习重塑自己，浅尝辄止地扑通两下，永远领略不到学习的乐趣和奋斗的意义。天道酬勤，只有沉入海底，沉下去，再沉下去，然后才能扶摇直上，浮出海面。因此，高职生须珍惜时光，努力夯实自身综合素质，不仅要具有扎实的理论知识，而且还要有过硬的实践动手能力；不仅要取得毕业证，而且还要有专业技术资格证；不仅要学会核心技能，而且还要学会做人做事；不仅要“手上有油”，而且还要“眼里有光”。那么就默念着“沉入海底，浮出海面”奋斗吧。

高职教育有着无限光明的未来，有着无比广阔的发展前景。社会对高等技术应用性人才的需求量将越来越大，而如果要求学术类型的研究生、本科生去从事高职岗位工作显然不太现实。未来社会中高职生是专门型人才，紧缺专业技术的工资将会超过管理人员。高职生一定会大有可为的。21 世纪是一个终身学习的世纪，学习是每个人度过幸福人生的生活智慧。无论在任何年龄阶段，一个人的自身拥有都是真正的和唯一持久的幸福源泉。那就让我们一起点燃终身学习的火炬，照亮着自己前行、登攀的人生方向。

沉入海底，方能浮出海面。

2002 年 4 月

千方百计为毕业生做好服务

今年，我校共有 2135 名毕业生即将就业。我们要以改革的思路，积极树立为毕业生服务的新观念，对毕业生热情关心、主动帮助和正确引导。

在外实习需返校进行设计答辩的毕业生即将分两批返校，我们一定要认真做好毕业生返校的相关工作。各系部要把服务好毕业生作为这个阶段的工作重心，为毕业生创造设计答辩的良好条件。毕业设计答辩要始终坚持公平、公正、透明的原则，愈是时间紧迫，愈是严格考核。要认真做好就业指导工作，坚持“市场导向、政府调控、学校推荐、学生与用人单位双向选择”的改革方向，把各项改革不断推向深入，广开毕业生就业新门路，切实帮助高职（大专）毕业生实现就业。目前，国家鼓励高校毕业生到基层和艰苦地区工作与锻炼，到城市社区和农村乡镇从事教育、卫生、农技、扶贫等工作；鼓励用人单位多吸纳高校毕业生就业，为各类企事业单位聘用高校毕业生提供便利条件和相应服务；支持高校毕业生自主创业和灵活就业；千方百计帮助就业存在困难的高职（大专）毕业生就业。种种利好政策的加持将增强我们做今年高职（大专）毕业生就业工作的信心，我们要因势利导，加强毕业生的思想政治教育，引导他们确立符合实际的择业观和就业观，把个人理想和社会需要紧密结合起来，走好迈向社会的第一步。

广大毕业生必须正视问题，调整心态，积极应对。既要清醒地认识到当前出现的部分高校毕业生就业困难问题的长期性和复杂性，又要实事求是看到当前高校毕业生就业难的问题是发展中的问题，经过努力是可以缓解和解决的。认识到当前我国大学生的数量不是多了，而是很不够，在那些艰苦的地区和岗位，在社区、乡镇等基层单位，对大学毕业生的数量和质量都有极大的需求。作为掌握先进文化知识、关心祖国建设、对未来充满理想的大学生，更应该更新观念，面对现实，脚踏实地地作出自己的正确选择，到基层去，到艰苦的地方去，到祖国和人民最需要的地方去。

毕业与就业同样是一个接受教育的过程，在这个过程中，大学生的思想和境界将得到进一步升华，服务祖国、奉献人民的意识和责任将更为牢固。我们希望毕业生能够一如既往地遵守学校的校规校纪，文明地参加离校前的各种庆祝活动，以成熟的形象为师弟师妹树立学习的榜样。我们希望毕业生发扬“刚健有为，自强不息”的精神，坚信“天生我材必有用”，志存高远，胸怀远大，脚踏实地，艰苦奋斗，为社会发展贡献才智，建功立业，用火热的青春书写壮丽的人生诗篇！

我们相信，徐州建院的毕业生是好样的！

2003 年 6 月

有种奶酪叫感恩

最近看到两条新闻，一条是今年1月4日，美国耶鲁大学校长理查德·莱文教授宣布，耶鲁2002届毕业生张磊已经承诺，将向耶鲁大学管理学院捐赠888万美元。这是到目前为止，耶鲁管理学院毕业生捐赠数额最大的一笔个人捐款。第二条新闻是大学生李晓燕的一封家书，竟把她的爸爸累病了。李爸爸为给女儿写两页纸的回信，每天下班后写呀写，居然写了一个星期，最后因写信时间过长而受凉生病。两个不同的中国大学生给我们演绎了不同的故事，但这故事背后却都隐藏着一个共同的主题——感恩。这故事的背后同时都透露着一个信息，我们教育的超市货架上缺少了一种名叫“感恩”的奶酪。

感恩曾经是中华文明礼仪之邦最温暖的精神性的宝贝。但随着经济社会的迅猛发展，那文明纯朴真挚的亲情、爱情、人情成为了心中最美好的回忆。感恩之心被物质的富足遮蔽，生活向钱看，让人们变成了不停忙碌的工具，有谁愿意停下来拂拭心头的尘埃？在校园里，听到的、见到的是学生的心浮气躁、急功近利，是学生对老师的不尊，是学生对于家庭的索取，是学生对于别人的傲慢和对社会的偏见。

感恩不是能立竿见影带来利益和财富的专业技能，但是不懂得感恩，则会连安身立命之本都要丢失掉，可惜我们常常忘记了生活、生命都需要感恩。会做事不如会做人，会做人不如会感恩。感恩哪怕是一个会意的微笑、一声真诚的“谢谢”、一次危难中的伸手，都能带给别人一份慰藉，一份希冀和一份快乐。大学生要学会感恩，感恩自己的父母、感恩老师、感恩朋友，感恩给予你帮助的每一个人。如果你愿意花费半个多小时的时间写一封家书，而不是仅仅打个电话回家要钱，如果你能够尊敬自己的师长，而不是当面顶撞、背后谩骂、碰面形同路人的话，感恩的心就会萌芽，这真的具有非同一般的意义。感恩实在是生活中的大智慧，一个智慧的人，不应该为自己没有的东西斤斤计较，也不应该一味索取和使自己的私欲膨胀。学会感恩，为自己已有的而感恩，感谢生活给你的一切。这样你才会有一个积极的人生观，才能长久保持健康的心态。

捐款是个人的选择，但张磊向耶鲁大学捐款却引起了所谓“爱国者”的“人肉搜索”，其慷慨的捐款行为被热议为“吃里爬外”，却没有多少人来思考，为什么国内的大学难以引发学子感恩回报的热情呢？这原本应该是一个教育命题啊。学生对于学校的感情会通过与教师的交流而释放。只有我们的教师用大爱之心育人，才能将感恩的心种植在学生的心灵深处。在当前知识爆炸的网络时代，教师应当成为指引学生成长成才的灯塔。我们要对自己的学生在生活上、学习上、就业上关爱得更多一点点，矫正他们的错误思想，帮助他们度过暂时的困难，想办法克服他们心理的焦虑，把大爱真正体现在实际行动中。

“改变了自己的一生。”这是张磊对于耶鲁的评价，也是他真诚的表露。在张磊看来，耶鲁管理学院改变了他的一生，他在这里学到的不仅仅是金融家或企业家的本领，还有乐于给予的精神。他以耶鲁的捐赠基金作为初期投资资金，以3000万美元开创了高瓴基金管理有限公司，而如今，他的运营资产已达到25亿美元。我想，张磊的巨额捐款事件带来的是我们教育工作者的扪心自问，我们究竟给予了学生什么，给予了多少，我们是把以学生的发展为本作为管理的出发点，还是把“以人为本”的理念停留在字面上；是开口闭口谈为了学生的一切，还是工作中对学生的正常合理诉求冷漠怠慢，颐指气使，不理不睬？

这是一个科技发达的时代。手机、电脑已成为人们交流的主要工具，但高科技却代替不了手写家书所独有的人文气息。

这是一个物质丰富的时代。但是，再丰富的物质却也代替不了感恩的呼唤与心灵深处的亲情追寻。

2002年6月

天生我材必有用

在国际金融危机余波的瑟瑟寒风中，在就业形势依旧十分严峻的今天，我校4000余名2010届毕业生正面临人生新的转折点——就业创业，颇有“风萧萧兮易水寒”的悲壮之感。但是这种就业压力却在无形中成为检验我们综合素质的第一道试金石。有一类人，一味抱怨生不逢时，甚至在招聘人员面前表现出对当前就业形势的不满和愤懑；还有一类人，积极主动，自信而豪迈地喊出了“天生我材必有用”。

就业，是我们不能回避，只能直面，只能冲上去，不能向后退的不归路。如何走好就业路？三句话：不抱怨、不懈怠、不放弃。

要少一些抱怨，多一些办法。俗话说，办法总比困难多。首先应该自信而理性地看待大学生就业难的大环境，这不就是孙悟空修成正果后还需要经历“通天河遇鼋湿经书”的“就业”苦难吗？也许，危机的另一面，可能潜藏着最大的机会。其次要乐观。随着我国经济的快速增长，经济对就业的正面带动作用越来越突出，预计今年第4季度以及明年就业形势都会保持平稳并持续向好。

要少一份懈怠，多一份努力。对于开始寻找就业机会的大学生来说，首先是端正心态，要具有平和的态度和务实的精神，切忌眼高手低，好高骛远，要清醒认识自己的优势所在。每个人都有自己的闪光点，关键在于如何发掘自己的闪光点。事实上，没有人是全能的，成功的人只是比他人更懂得强化自己的优势并管理好自己的劣势。其次要行动起来，珍惜每一次招聘会，广泛收集信息，整合资源，迅速行动，寻找工作。

要少一些放弃，多一份坚持。西方有一句古谚——“条条大路通罗马”，如果把罗马比喻为成功，那么就是说条条大路都可以到达成功的彼岸。我想，坚持不放弃的精神与品质是所有成功者的DNA，这也是你们的师哥师姐的共同体会。就业前的实习阶段需要坚持不放弃，在正式工作岗位上也需要坚持不放弃，在人生的一切幸福的追求中，都需要咬紧牙关，自己告诉自己：坚持不放弃。

“天生我材必有用”是一种态度，一种精神，也是一种信念和一种行动。

2009年11月

让技能成为人生出彩的注解

连日来，我校学子凯歌高奏、捷报频传，有 4 支参赛队伍分别斩获江苏省高职院校建筑工程识图、园林设计、工程造价、市场营销技能大赛冠军，开创了历年参赛成绩之最。我们要为这批为校争光的优秀学子以及他们的指导老师们点赞！

目前，职业教育已经驶入了健康发展的快车道，“大赛点亮人生，技能改变命运”已经成为职业教育界的共识和推动经济发展、契合产业升级、服务人的全面发展的助推器。我校着眼于技术技能人才培养目标，以各级技能大赛平台为载体，加大对学生技能的培养培训，使技能大赛成为检验我校校企产教融合成果，共同提高学生技能的平台；成为展示高职大学生创新、创造能力的舞台；成为展示我校办学特色，彰显人才培养质量的品牌。

成绩的背后，反映出学校深化创新技能大赛管理体制改革的初步成效。我校成立了职业技能大赛工作的直属单位，充实力量，制定政策，统筹协调，先后出台了《关于推进“六个一”素质培养工程的实施意见》《关于开展“大学生”创新创业五项工程的实施意见》以及《大学生职业技能竞赛管理办法》等一系列规章制度，全方位创造条件，全力支持师生参与各级各类职业技能大赛。经过承办四届省工程造价技能竞赛和全国建筑识图技能大赛的历练，形成了我校“以梯队建设为基础，以竞技团社为平台，以专业大赛为常态”的宝贵特色经验。

精湛的职业技能是职业教育人才培养的重要评判标准。作为与经济社会发展联系最为紧密的教育类型，高职院校正在成为高素质产业大军的重要培养基地，成为契合产业升级、发展实体经济、促进中小企业集聚发展的中坚力量。当前，我国对高素质技术技能人才的需求比以往任何时候都更为迫切，加快发展职业教育的愿望比以往任何时候都更为强烈。然而，我国技能劳动者仅占就业人员的19%，高技能人才的占比不足5%，远远不能满足社会发展的需要。高职院校要肩负使命，进一步增强职业教育服务社会的贡献能力，为实现到2020年形成具有“中国特色、世界水平”的现代职业教育体系；为实现向社会输送数以亿计的的各行各业的高素质劳动者和技术技能人才而不断努力。这要求学校要从双师型师资队伍建设、人才培养模式改革、实验实训设备条件改善等方面多维着力，助力大学生掌握过硬的技能本领。

俗话说：“一花独放不是春，百花齐放春满园。”我们在高水平技能大赛上摘金夺银为校争光固然可喜，但要实现“稳定输出”，更离不开技能人才的培养体系构建和充足的技能人才后备基数。要把我校“为每一位学生提供最适合的教育，让每一位学生得到充分发展”的宗旨落到实处，让每一个高职大学生都有参加职业技能大赛的机会，都能体验职业技能大赛的竞争环境。要以学生技能获奖的“尖刀班”引领带动更多学生形成尚技崇技的氛围，积极深化教育教学改革，营造“人人都是赛手、课课都有赛事”的良好环境。要把企业文化的质量意识、专注坚守精神贯穿于大学生的学习生活中，在浓厚校园职业文化氛围中大力弘扬劳动光荣、技能宝贵、创造伟大的时代风尚，让技能成为大学生人生出彩的注解，力争让每一个学生都享有人生出彩的机会。

我们要把“工匠精神”教育贯穿于教育教学全过程，有机融入到各个专业的人才培养方案，深刻领会工匠精神的“爱岗敬业、无私奉献；开拓创新、持续专注；精益求精、追求极致”的内涵，从而让大学生自觉、主动地把技能提高作为自我提升、自我完善、自我觉醒的武器，促进学生技能的日臻精进。工匠精神同时也暗含了淡泊名利、守正创新、持之以恒的职业道德操守，因此，应把工匠精神的德育因子全面融入到大学生思想政治教育的全过程、全方位。

省内获奖，牛刀小试。愿全校各参赛队伍始终保持高昂的精神状态，再接再厉、戒骄戒躁，精益求精、追求卓越，向着全国职业技能大赛的最高桂冠进发。

2017 年 3 月

感动 ing

在感动中看完了校学联等多家社团联办的首届“感动建院”颁奖典礼。受到表彰的 9 大感动人物或群体来自学校的方方面面，有的是我们身边的同学，有的是我们敬爱的老师；有的是离退休人员，有的是临时聘用人员。虽然职业、角色、分工不同，但他们都有着一个个令人动容的感人故事。虽然他们做的不是轰轰烈烈的大事，但无不辉映出生命的底色和人性的光辉。正是因为这些人是普通的人、这些事是平凡的事，所以才会那么持久地令人感动。

他们就在我们的身边。“大姐”蔡东霞因家庭困难过早辍学，但是对于知识的渴求使她在面对温馨的家庭和年幼的孩子时，毅然选择了求学之路。打工女孩马晴在家庭变故的贫困中，乐观坚强，用打工支撑起家庭的重担，串起大学的每一天。“水哥”邓帅平均每天送 100 桶水的高强度劳动方便了师生生活，汗水中闪烁着他的坚定与信念。大学生志愿者是一群用双手和爱心丈量自己灿烂人生的年轻人，他们用爱心温暖着孤寡老人和留守儿童，他们用温情感动着春运中四面八方的旅客，他们用青春实践着“一方有难，八方支援”的传统美德。信电学院软件 11-2 班的几个 90 后小伙子们，他们每天接力护送同宿舍的残疾同学上课，为我们诠释了同学之间金子一般的友谊和淳朴的道德之美，他们是建院最阳光的帅小伙，他们的宿舍是建院最美、最温暖的家，“最美宿舍”倒逼出每一个人被世俗物欲拜金化的“小”。从他们身上，我们读到的是“坚强”和“仁爱”。

他们就在我们的身边。校医院老中医孟坤退休后开设健康诊所，免费为师生服务，如今 80 岁高龄的他仍忘我工作，是同学们心中的“孟神医”，“病人欢乐我欢乐，病人痛苦我痛苦”是他最高的天。离退休教师武荣权执着杏坛 50 载仍激情燃烧，对信仰的坚持让他“老夫聊发少年狂”。宿管阿姨是同学们生活上的贴心人，她们亲切的话语和无微不至的关怀一直都像我们最可爱的妈妈。装饰学院教师群体是众多热心帮扶家庭经济困难学生的我校教师的典型代表，从他们身上，我们读到的是“大爱”和“责任”。

他们是我们身边的普通人，所以他们的事迹更鲜活，更加可亲、可敬，他们的精神、品质、态度更有感染力，更加可爱、可学。从某种程度看，他们比学业上的优秀更接近优秀，因为他们在挫折中不放弃追求，在痛苦中品咂欢乐，在平凡中孕育伟大。每一位大学生都要珍藏收到的这份感动的人文情怀，平凡而不平庸的度过大学时代，努力绽放生命的精彩，用平凡的脚步走完属于每一个人的伟大的人生历程。学校要投入更多的人文关怀力量，去关注、关心每一个像他们一样的追求美好生活的人。

感动建院，感动 ing。

2012 年 5 月

“90后”的毕业歌

又是一年毕业季。今年，我校有3800余名毕业生即将踏上新的人生征程。母校首先对你们顺利完成大学学业，不断成长进步表示热烈的祝贺！

大学之旅是一次青春之旅，也是未来兴旺的起航。在即将和母校分别之际，我们每一名毕业生都要思考：现在应该给母校留下点什么？带走点什么？未来要向母校证明什么？给母校的校友文化增添什么？

校园生活真的很美好！这是很多毕业生共同的感慨。我们要好好珍惜在学校的每一天，多和老师、同学叙情谊，和母校合影，和校园的一草一木作别。要神圣般地参加毕业合影，要仪式般地参加每一次毕业纪念活动，带走在母校的分分秒秒，带走老师的叮咛和母校的希冀，留下你青春的印迹，留下你文明稳重的“90后”的整体形象。

建院培养、拥有建院气质的“90后”毕业生将追随建院校友们的步伐投身到火热的现代化建设事业中，不断为建院的校友文化增添新的内涵，不断为母校“服务人民、回馈社会、打造品牌”的承诺做出新的注脚。

要始终怀着一颗梦想的心。就业不是人生的终极目标，而是向着梦想奔跑的起点。人生不会总是顺风球，会遇到各种难以想象的困难。不要害怕失败，要勇于接受生活的磨砺和考验，要在逆境中坚持，在坚持中实现漂亮的逆袭。成功更容易光顾磨难和艰辛，正如只有经过泥泞的道路才会留下脚印。

要具有实现梦想的行动力。梦想不是白日梦，实现它需要一步一步脚踏实地，笃行不怠。一步实际行动比一打纲领更重要。在知识经济社会，没有对知识的危机感，没有对本领的恐慌感，没有自我学习的能力，会很快被社会所淘汰。我们既要读有字之书，又要学习无字之书，知行一致，守正创新，与时俱进。要多点付出，少点抱怨。成功永远不属于整天抱怨的人，抱怨也无济于事；要始终相信，吃亏是福，付出与收获往往是成正比的，对吃亏的豁达也一定会收获成长和发展。

要担当时代的重任。20世纪30年代，由田汉作词、聂耳作曲的《毕业歌》，唱响了一代青年“天下兴亡，匹夫有责”的爱国激情；新时代的毕业歌，必将传承“民族复兴，开拓进取”的强国责任。建院的90后，必将续写校友文化的荣光，把对母校的感恩化为实实在在的行动，铸就人生的辉煌；必将为促进经济社会发展，建设创新型国家，实现中华民族伟大复兴做出新的更大的贡献。

中国需要有梦想、有行动力、有责任感的青年。母校永远因为有你们而骄傲！

2012年6月

陆

职教篇

ZHIJIAO PIAN

要深刻理解“高素质”的丰富内涵，不仅要求职教人才具有较强的实践动手本领，更要求他们具有较高的思想政治素质。

要努力实现科学精神与人文精神的高度融合。所有专业教师均有育人责任，所有专业均有育人因子。

精致园里话“精致”

最近一年来，“精致校园”成了热频词。从诸多文字表述中，“精致校园”主要与学校的后勤工作相关联，如，第二次校党代会报告中“持续推进校园绿化美化工程，着力打造‘精致校园’”，七届二次校教代会报告中“打造‘精致校园’，做好东校区入口广场改造、图书馆北侧水系改造等工程”。可见，“精致校园”是由后勤系统作为一个理想化、完美化的工作目标首创出来的，致力于通过校园绿化、亮化、美化，建成“园林化、生态化、人文化”的精致校园环境。

“精致”一词含有精细、精巧、细致、细密之意。在学校的各项工作中，什么最需要精致？什么又是我们最欠缺精致的？我看最迫切和急需的还不一定是校园环境，最欠缺精致的是管理。大家都有体会，建设不是最难的，相较于建设，建成后使用、管理的难度则更大。从这个意义上讲，精致校园不仅是“建”出来的，更是“管”出来、“理”出来的。我们今天生活工作学习的校园环境优美、绿树成荫、暗香浮动、四时不同，是遵循教育管理理念的育人场域，这样的环境离不开校园交通安全治理、师生教育管理、文化管理的治校之功。精致园里话“精致”，就是要再进一步，从后勤意义上的环境精致扩大到全校管理上的“精致”，因此不能把“精致校园”作为后勤一个部门的事，而应将其视为涉及全校各个单位、部门的方方面面工作的事。

管理运转良好，学校就能发展健康；管理一旦运转迟滞，学校就有可能被超越，丧失发展的机遇。可以说，学校里找不出一件工作能够离开管理的，也找不出任何一项工作，可以说已经达到精致管理境地的。精致校园既要能够建设出来，也要能够管理出来，这才真正能考验出我们学校的管理水平、我们干部的管理能力、我们每一名建院人的自身素质。精致校园须臾离不开精致管理。可喜的是，我们的一些部门，例如学工系统、后勤系统已经把精细化管理理念自觉融入到各项管理工作中了。

精致管理，核心在人。人是管理的主体，是管理水平高下的决定性因素。这首先体现在管理主体的理念性差异，是无为式管理，还是标杆式管理？是粗放型管理，还是精细化管理？是守成式管理，还是创新性管理？采用不同的管理理念其管理成效大小立现。管理理念先进了，还需要把先进的管理理念转化为具体可操的管理方案、有效的管理政策、科学的管理手段。大到学校宏观管理，小到灯光调控管理，莫不如是。例如，学校设立探照灯的目的是为了便于学生文体活动的开展，探照灯的管理既要有一般的时间要求，有时又需要根据季节、天气和学生工作开展之需要，机动灵活地调控。可见，小小的探照灯管理也是有学问、需要用心琢磨的。从这个意义上讲，要搞好管理工作，必须要有点学术精神、科研态度。全校的管理工作者都要从有利于人才培养的高度出发，淡化管理的权，强化管理的责，提升服务的质，避免各立“山头”、互不沟通。

精致管理，关键在执行。许多人一提到管理，首先想到的是建章立制。制度建设是基础，这不容置疑，但制度本身不能产生规范、引导、促进的管理作用。管理的末梢在执行。我们欠缺的从来不是制度，从学校层面的《章程》到具体微观层面的各种管理规定、细则、办法等，不可谓不完备，但恰恰在执行环节出现了问题，失之于松、失之于软，以文件替代管理，以制度终结管理，这是制约我们提高办学治校水平的“最后一公里”。记得杨应崧老先生在12年前来我校进行人才培养工作水平评估时曾说过一句意味深长的话，要让管理的水流到尽头。我的理解，就是要让学校的工作“事事有人做、处处有人管、时时有人理”。今天，我们仍然存在的管理“真空”恐怕不是因为制度没有覆盖到，而是怕得罪人，不敢动真、碰硬、较真所体现出的执行力的空虚放大。

精致管理，动力在创新。既要建立健全规范化管理体系，又要根据时代进步和政策变化及时制定新的制度，让管理的创新与时俱进，大胆开拓管理的创新格局。在当前学校争创省卓越院校和全国优质院校，院校间竞争日趋激烈的特殊时期，需要以管理创新来调动全校教职员工的积极性、创造性，带动学校新一轮大发展，在人才培养模式改革探索、产教融合探索、资源整合探索等方面助力学校迸发蓬勃动力和昂扬锐气。要借助学校“智慧校园”建设打造信息化、数字化、现代化综合管理服务平台，让信息科技真正为师生员工的学习、工作和生活所服务。我校第二次党代会确立了学校在今后五年“建设全国一流高职名校”的奋斗目标和“六大战略”的重点任务。实现宏伟目标，完成艰巨任务，需要把创新的管理理念、管理举措贯穿于“六大战略”始终，遵循职业教育规律，在加速政校行企融合上放大招、出奇招、走妙招，圆满完成目标任务。

精致校园——因精致管理而达成的校园，“此中有真意啊”！

2018 年 4 月

向课堂要教学质量

在高校谈质量，人才培养质量是灵魂，教育教学质量是根本，没有教学质量的提高，人才培养质量就是“海市蜃楼”，品牌建设就是空话。所以，提高人才培养质量既需要遵循高职教育规律，深化人才培养模式改革，又需要抓好抓实教学基础环节的规范化管理。

俗话说：“基础不牢，地动山摇。”课堂教学是大学生获取专业知识、体现教师价值的主要途径，是落实教学任务、推进教学改革的载体。再好的人才培养模式也难以离开课堂教学环节的组织，再优的人才培养质量也是一节节课堂教学质量的累积。全体教职员工一定要从思想认识上高度重视起来，把提高课堂教学质量作为永恒的主题，支撑人才培养模式改革落地生根。

课堂教学质量是一项组织的纪律性、管理的人性化、传授的艺术性相结合的质量体系。需要教务部门、学工部门、质量部门等齐抓共管，分工负责，既要防止出现推诿扯皮现象，又要防止“事不关己，高高挂起”的错误观念。

提高课堂教学质量，管理要跟上。让学生走进课堂体现了学工部门的管理水平，安排、调度教室体现了教学部门、二级学院的管理水平，多媒体辅助教学保障能力体现了教辅部门的管理水平，甚至教室的卫生状况也体现了后勤保障的管理水平。让管理之水流到尽头，首要的是让管理的水流到课堂的尽头。进一个课堂、听一节课、感受一个课堂氛围，其实是在感受学校的管理水平。

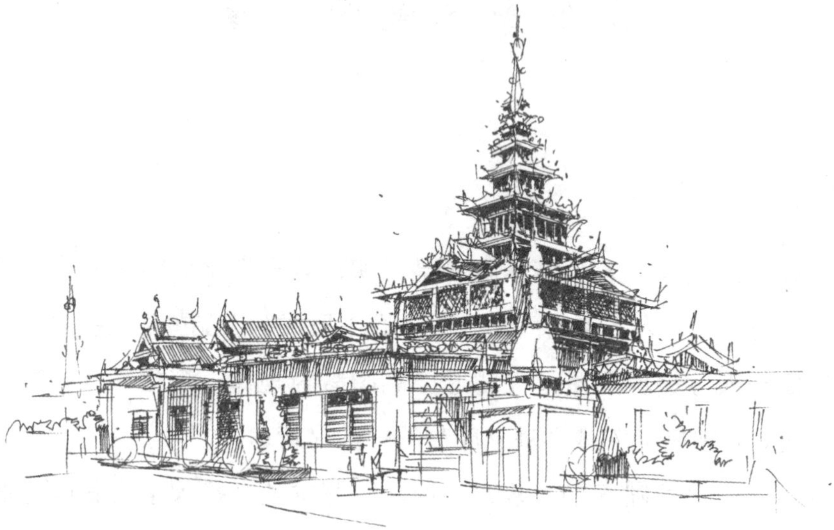

提高课堂教学质量，教师是关键。教师是课堂教学计划的组织者和实施者。教师的知识视野、理论深度，教师的教学方法、现代教育技术能力，甚至教师脱离教学内容的“谆谆教诲”都对课堂教学质量有重要影响。这就要求我们的教师既要有“一桶水”的知识储备，以科研反哺教学，也要有“爱岗敬业”的职业操守，不断改进教学方法、丰富教学手段，还要担当起“教书育人”的双重职责。试想一个教学纪律混乱的课堂，教学质量又从何谈起呢？对年轻教师，我们既要教他们如何教书，更要传“育人心经”。

提高课堂教学质量，机制要理顺。目前，学生请假实行权限制，兼职辅导员可以批一天假，副书记可以批三天假，这么多人都能批假，教学期间的假可以这么随意批吗？长此以往带来的后果就是课堂要给回家让路，课堂要给整理资料让路，课堂要给培训让路……教学、学工系统亟待发挥教学与学生管理相互沟通、双向促进的机制，细化课堂教学质量监控方案，用课堂教学质量的长效机制把课堂学习的重要性高悬在大学生的心中。

提高课堂教学质量，学生是主体。教与学是相互联系、不可分割的整体。教是学的方式，学是教的归宿。提高课堂教学质量，归根结底要提高学生学的质量。这要求将学生教育管理的刚性与思想政治教育工作的柔性相结合，加大学风建设力度，广泛开展学风建设活动，大力宣传学风建设先进典型，激励每一名学子争做“梦之队”一员，用身边榜样的正能量激励学生内在学习动力的增强。

向课堂要质量，不是哪一个部门、哪一个人的小事，人人都来为课堂质量提高做贡献，就是在为建设全国建筑名校的品牌添砖加瓦。

2013 年 4 月

为建成高水平国家示范性高职学院而奋斗

——热烈庆祝建校30周年

在丹桂飘香的季节，在9月19日，学校将隆重举行建校30周年庆典！这是属于所有建院人的喜庆日子，是值得所有建院人纪念的日子。这一天，全体建院人将同襄盛典，回顾过去，总结经验，畅叙情谊，展望未来，为建设高水平国家示范性高职学院而集中智慧，凝聚力量！

1978年底，一支部队先后在沛县、徐州南郊驻扎，开始了中国人民解放军基建工程兵第三技术学校艰苦的建设工作。后来，学校划转到地方，先后更名为徐州煤矿建筑工程学校、徐州煤炭建筑工程学校、徐州建筑工程学校。学校隶属关系也几经变更，从基建工程兵煤炭指挥部到煤炭工业部，再到江苏省教育厅。但不论名称、隶属关系怎么变化，军校勤俭办学、艰苦创业的根脉始终存在，中专校的自加压力、负重奋进、敢于争先的精神始终没有改变。几十年的矢志不渝的追求，使得学校在短短 15 年间就实现了跨越式发展，一举成为国家级重点中专，使得学校在 1999 年经过教育部考核批准，成为江苏省首批升格的高职院校之一。自此，学校开启了高等教育层次办学的新纪元。

学校名称的变化，并不意味着学校的办学水平就随之提升。为了尽快适应高等职业教育的新要求，升格 10 年来，学校开展了数轮教育思想大讨论，按照产业链建立专业链，按照校企合作、工学交替、双证融通思路深化人才培养模式改革，按照项目驱动、任务导向深化工学结合课程改革，积极推行特色兴校、人才强校和精品化发展战略，大力加强内涵建设、校园文化建设，深化校内管理体制、后勤社会化改革，坚持开放办学，倡导人文精神与科学精神相结合，顺利实施了校“十五”“十一五”发展规划。2 个“五年计划”的实施，使学校的综合办学实力迅速提升，一举进入全国 100 所国家示范性高职学院建设行列，这也成为了学校发展史上重要的里程碑！

学校已经走过了整整 30 年了！三十年悠悠，三十年而立。30 年来，学校由小变大，由弱变强，4 万余名校友正成为学校一张张精美的名片，众多校友在各条战线上发挥着生力军的作用，有的还成为领军人物。校友是母校的财富，是母校的骄傲，母校是校友情牵梦绕的精神高地，校友的发展力已成为学校最核心的竞争力！

进入国家示范性高职学院建设行列，不仅是一份荣誉，更是一种责任。

在学校喜迎30年华诞之际，校党委正谋划着学校未来发展的宏伟蓝图，把学校建成高水平国家示范性高职院校已成为我们新的目标追求。这一目标，是我们每一名建院人的期望，更是每一名建院人的责任。我们所有建院人要勇于担当！

让我们携起手来，站在新起点，谋划新发展，创造新辉煌，为早日实现建成高水平国家示范性高职学院的远大目标而努力奋斗！

2009年9月

团结凝聚人心　和谐迸发活力

丙戌年的春天，是高等职业教育的温暖春天，也是我校事业蓬勃发展的又一个春天。构建和谐校园，营造和谐氛围必将使校园更加春光烂漫、生机盎然。

和谐既是目标也是手段。以发展增和谐，以改革促和谐，以公正求和谐，以稳定保和谐，构建一个民主法治、公平正义、诚信友爱、充满活力、安定有序、协调发展的和谐校园就是目标。同时，和谐又具有反作用力，和谐凝聚人心，和谐团结力量，和谐促进发展。校园奏响和谐的旋律，将会为学校的发展和学生的成才注入活力，使学校的组织效能得到充分发挥，提高教师教书育人的积极性和学生学习的主动性，从而提高教育教学质量，促进师生的自身发展和身心健康。

和谐既是静态的也是动态的。和谐是事物存在的最佳状态。只有不断与时代的发展相合拍，在竞争中生存、发展和壮大，竞相发挥一切积极因素，才能不断保持和谐，才能始终用和谐的音符推动学校全面、协调、可持续发展。

实现学校确定的总体奋斗目标，要靠“天和”。“天和”包含发展的机遇、利好的政策、优等的区位等等。实现学校确定的总体奋斗目标，要靠“人和”。“人和”是中国传统价值的核心，人和万事通、家和万事兴。因此，要实现干部队伍、教师队伍和后勤队伍的和谐相处；要提倡建立平等、友爱、高尚、和谐的人际关系；要形成相互尊重、彼此关心、增进了解、共同成长的氛围，实现学生、教师、学校三者的良性互动关系。实现学校确定的总体奋斗目标，要靠“和合”。发展目标明确了，干部就是关键，个体素质就是关键。要不断增强全校的创造活力，坚决破除各种体制机制障碍，使一切有利于学校发展的创造愿望得到尊重、创造活动得到支持、创造才能得到发挥、创造成果得到肯定。只有全校的干部、教职工、学生顾大局，识大体，以校为家，以校为荣，才能形成合力，汇成洪流；只有全校的干部教师解放思想，深化教学、人事、分配、后勤、校产等各项改革，勇于制度创新、科技创新、体制创新，才能解决发展中的矛盾，才能促进学校全面健康发展。

我们只要始终坚持最广泛最充分地调动一切积极因素，就一定能够劈波斩浪，创造新的更大的辉煌。

2006 年 4 月

忧患常萦积　事业方振兴

今年，我校招生再获丰收。在地处苏北、生源总量显著下降的形势下，无论是自身纵向比较，还是省内横向比较，我校录取分数线、新生报到率不降反升，呈现出“招生火、建院热”的喜人景象。但在“形势一片大好”的氛围中，学校新一届党委居安思危，召开了专业设置与师资队伍建设战略研讨会。敢于给自己泼凉水，敢于正视我校在专业设置和师资队伍建设中的不平衡问题，向我们传达着一个清晰的信号：“思危”才能“居安”，“思危”才能“思为”，“思为”才能“有为”。

今年是我校“十二五”的第一年，是成为江苏建院的第一年，随着今年我校通过国家示范建设验收以及学校更名带来的招生火爆，学校正呈现出人心齐、干劲足的良好发展态势。保持好这种发展势头，保护好教职员工的改革热情，保障好学校改革、发展、稳定的大局，需要校党委时刻保持清醒的头脑。常怀忧患意识体现了校党委清醒的自觉。下一步要把这种忧患意识感染给全校的教职员工，多一些忧患意识，少一些沾沾自喜。

干部应有忧患意识。干部是推进学校科学发展的关键要素。干部作风的弱化是真正的忧患。不能自我感觉良好，对自己的发展津津乐道，对他人的跨越视若无睹，对已经变化的形势无动于衷，看不到自身存在的危机、差距和问题。干部必须多一些能力不精之忧、律己不严之忧、贡献不大之忧，始终以如临深渊、如履薄冰的态度，不断做好工作谋划和落实。干部成天躺在“成绩单”“功劳簿”上睡大觉，不思考自己分管领域的改革发展问题，学校的总体发展势头就会停滞一小步。招生不太好的学院有其“忧”——“忧”的是眼前；招生不错的学院也要有其“忧”——“忧”的是长远。

教师应有忧患意识。教育大计，教师为本。要切实把教师队伍建设作为我校提高教育质量的关键环节抓好抓实。我们要对照优秀师德典范、优秀教学名师，树立目标，查找差距，提升高尚师德、人格魅力，提高教学和实践水平，既做好“经师”，也要做好“人师”。

忧患意识的缺乏，是最大的忧患！增强忧患意识，主要还是学习。传播资讯的发达，开阔了我们的视野，使我们可以领略“山外青山楼外楼”，使我们可以领会“天外有天，人外有人”。千万不能夜郎自大，忘乎所以。我们要清醒地看到，我校不仅和国际、国内很多同类学校相比有差距，即便在省内，我们也有可能掉队。

忧患常萦积，事业方振兴。有了忧患意识，我们才有敢于迎接挑战、战胜困难的决心，才有敢于直面差距、正视问题的勇气，才有勇于积极作为、变革创新的精神，才有勇于化解风险、狠抓落实的能力。因此，我们都需要上这样一堂“忧患课”，以高度、深切的忧患意识增强责任和担当，下好先手棋，打好主动仗，坚持底线思维，克服前进道路上的种种艰难险阻，顺利推进校“十二五”事业发展行稳致远。

2011年9月

肩扛历史重任　书写时代辉煌

秋季学期工作计划已经由校党委会研究印发，计划包含20个条目、40项重点推进的工作。这是我校本学期的工作方向，也是学校党委行政着力推进校“十二五”事业发展规划最后“一公里”的行动指南。

如果把校“十二五”规划比作一段漫漫征程，那么今天距离实现校“十二五”既定的目标任务只剩下最后“一公里”了。负重爬坡，胜利在望，这时候最容易让人产生松一口气的懈怠心理。但古训告诉我们：行百里者半九十——越是接近成功和最后的终点，也越是最困难的时候，就越不能松懈和麻痹。我们更要一鼓作气，以一种强烈的责任担当，以只争朝夕的精神状态，以真抓实干的工作作风，以满意的发展答卷圆满完成本学期的各项重点工作，为学校“十二五”事业发展画上一个漂亮的收尾。这是时代赋予的历史重任，这是续写建院辉煌的发展机遇。

圆满完成本学期的工作任务，关键在人，尤其是各级领导干部。作为重点工作路线图的推进者、责任人，领导干部要充分发挥榜样和示范作用，率先垂范，身先士卒，当好发动机，带动师生员工一起，凝心聚力，谋划发展。年底干部换届在即，在个别干部身上存在着“为官不为”、不敢担当、畏首畏尾、“庸懒散、等靠要”等思想问题，也不乏所谓“三不”型干部（落实不够、效率不高、创新不足）。有的干部

“船到桥头车到站”的思想比较严重，有些同志甚至把工作暂停下来，“等看靠、虚假空”的问题一定程度存在。路线图明确了工作推进的时间节点，是对干部素质和能力的一次考试。各级干部要把思想和行动统一到校党委行政的总体部署上来，甩开膀子，干出样子，团结带领广大师生员工奋发有为，创新创优。

圆满完成本学期的工作任务，作风建设是法宝。又好又快地完成既定工作任务，对一个人的精神状态要求很高，受良好工作氛围的影响很大。在短短4个月内完成巨大的工作量，就要始终保持踏石留印、抓铁有痕的精神状态，敢担责任，敢啃硬骨头，以知难而进、锲而不舍的钉钉子精神落实砸实。要把一步一个脚印推进工作的力度与我校正在开展的“三严三实”专题教育有机结合起来，用工作实绩检验学习的成效，以“三严三实”的学风、作风影响周围的干部和教职员工，形成“众人拾柴火焰高”的工作氛围。

圆满完成本学期的工作任务，方法是统筹分类、协同推进。对已经获得审批的重点项目，如装饰专业国家资源库建设、省级品牌专业建设、省协同创新中心建设、省区域共享型实训基地验收、省建筑产业化培训基地建设等，要集中精力、立足计划，确保顺利如期完成建设目标。对即将开展的重点推进项目，如大学科技园建设、青年教师周转房建设、学生宿舍电力增容、会堂改造等，要紧盯任务目标不放松，统筹推进开展不拖延，高质量高标准完成建设任务。对需要继续深化推进的项目，如高水平师资队伍建设、科技服务能力水平提升、国际化办学进程、招生就业工作促进、数字化校园建设等，要采取针对性举措，力争取得突破性进展。在学校持续发展的主题项目，如人才培养质量提升、体制机制改革等方面，要与时俱进，不断创新，系统化推进，为学校事业可持续健康发展增添不竭动力。

2015 年 9 月

流光溢彩绘　和谐建院美

经过近一年的翘首以待，《徐州建筑职业技术学院报》更名及变更主办单位、出版单位的批复终获得审批通过。《江苏建筑职业技术学院报》终于可以新鲜出炉了！

校报更名在校报发展史上具有里程碑意义，这离不开学校与时俱进、充满活力的母体。新报名预示新期待，我们用彩报为《江苏建筑职业技术学院报》“庆生”，我们用彩报向《徐州建筑职业技术学院报》作别，我们要流光溢彩地描绘江苏建院更加美好的未来。

新报名由原来的“徐州”变为“江苏”，不是简单的文字替换，新报纸由黑白版变为彩版，不是简单的色彩变换。这背后凸显的是校报的责任更重了，读者对报纸的要求和期许更高了。我们要继续坚持正确的舆论导向，担当干群的桥梁，大力营造风清气正、和谐向上的校园氛围。我们要继续推进报纸信息化、网络化建设，不断提高校报管理水平的规范化和科学化，凝聚海内外校友共识；要加强编辑人员的理论素养培养，建设好学生记者队伍、评论员队伍、通讯员队伍。我们要继续发扬“甘做嫁衣、甘为人梯”的精神，淡泊名利、孜孜不倦，精心培育校报品牌，精心孵化校报文化成果，精心维护我们全体建院人共有的精神家园。

流光溢彩绘，和谐建院美。《江苏建筑职业技术学院报》必将同学校各美其美，美美与共!

2012年2月

柒

小雅篇

XIAOYA PIAN

幸福是一种美妙的感觉，是人到中年还能走在回家的路上，听得见父母的唠叨声，是伸出一把手帮助别人后洋溢的自我价值感；幸福可能更简单，它可能来自淅淅沥沥的小雨所带来的平静与安宁，可能来自俯身花香沁、抬头流云起的一瞬间，也可能就藏在妈妈包的饺子里……

秋桂礼赞

花开花落，岁月静流，无声无息，青春渐逝。我们在生活、工作的“快进键”中日复一日，年复一年，一任时光的洪流裹挟着，停不下匆匆的脚步。生命的流逝、生活的无常抑或人伦亲情的袅袅情思，可能对大多数人来说只有在每个春节才点点泛起。于我，在每年“八月桂花遍地开”的时节，那一段幽幽暗暗的桂花沉香总会不期而至，而我则在沉迷中触发莫名的感伤。如丝如缕的桂花香一入鼻息，仿佛宇宙的时间在那一刻停歇，让我的大脑暂时忘却了世事烦扰，感慨时间如沙漏般悄然无影踪，生命又走过了一个新的轮回。

《山海经》记载，月宫中有一棵高达五百丈的月桂之树，吴刚被发配到月宫，每天要去砍桂树，桂树断而复合，周而复始，以示惩戒。可是，“问讯吴刚何所有，吴刚捧出桂花酒”，受刑的吴刚却还能喝到自酿的桂花酒，真是羡煞人间无数啊！我经常突发奇想，是不是吴刚恋着桂花美酒，而甘愿用千万年去从事这份苦刑。

传说人间喝不到桂花酒，但是吴刚采摘下来用于酿酒的桂花，却被吴刚不小心遗落凡间，“桂子月中落，天香云外飘。”诗人宋之问的诗句不是透露出了这样玄妙的天机了吗？我也宁愿相信，人间的桂子一定是从月宫中飘落下来的，否则这么淡黄的小米粒般的小花怎么会有如此强劲的香气？神话传说中，吴刚本是肉身凡胎，是不是他饱受中秋时节不能与家人团聚的相思之痛，而把桂子作为中秋大礼送与人间呢？桂花零落人间，馨香满溢，使得“梅定妒，菊应羞，画阑开处冠中秋”，而独让它成为中秋时节的百花之首。桂花也一定是厌倦了月宫里孤寂清冷的生活，故而一入凡尘，便和人间大自然最普通的花草、灌木、杂树裹在了一起，根深深地扎入地下，身体尽量地向四周伸展开，和周遭的一切生命摩肩接踵。桂花一定是快乐的，你难道没有在很远就感受到它色淡香浓的欢迎吗？

桂香浮动月黄昏，那是中秋时节来临前的讯息，它用那淡淡的一袭香无言地告诉羁绊的过客、路途上的行人、求学在外的学子，在这一刻停下脚步、放下烦忧、停止工作，沉醉在这桂花香里，沉醉在亲人的挂念

中。如今，我们过中秋节，更多的是大吃大喝一顿，实在是与桂香之雅洁不相称，与中秋之雅兴不和谐。文献记载，唐玄宗每年都要在宫中举行中秋夜宴，熄灭所有的灯烛，而在明月之下进行“月饮”。我们今人只停留在吃月饼和饕餮大餐中，而很少再与明月对话，与清风相伴。那就让我沁着花香倡议，在满城如水月光里，让我们关上灯火，走出家门，在“月饮”中举头共享一轮明月，许下生活的憧憬；让离家在外的游子进行一个人或二三人的“月饮”，珍惜当下拥有的一切，与月明干杯，向桂香致敬，一起感恩这时代的夜晚。

2017 年 10 月

年味淡然足慰心

不知从什么时候开始，经常听到周围人发出“年味淡了”之感慨。年之味是什么味？于国人的感受来说，年味大抵应该是一种传统节日所赋予人的特有的节日元素的情感氛围和体验感、包围感吧。

烟花爆竹是增强春节年味必不可少的元素，从流传至今的关于年的早期神话传说中，古人就已经用各种响声来吓跑“年”这个怪兽。今天，随着安全及环保理念的倡导，各大城市禁放烟花爆竹，让过年顿时冷清了不少。

“年味淡了”更不是生活在21世纪的人们才有的感受，老舍先生早在1951年就已经敏锐地捕捉到了年味的流失，他在《北京的春节》的文末中也流露出“现在过年没有以前那么热闹了”的慨叹。看来，“年味淡了”是一个发展的进行时，在人们的守护与传承中，在时间的窖藏与风化中，潜移默化地发生着微妙的变化，让品味到它的人唏嘘万千。

君不见，以往春节是好吃的代名词，人们期盼春节吃个腹鼓肚圆，今日饭桌上顿顿鸡鱼肉蛋，赛过天天过节，春节还有什么吸引力呢？记忆里，家里小年一过完，就要在院里挑灯蒸馒头、包子，炒花生瓜子，炸鱼、炸丸子，风鸡风鸭，好不忙碌，好不热闹，而今天只需要去一趟超市，或者点点手机网购，年货全带回家。还有更省事的，一个电话年夜饭就订好了。以前过年，正月初一那一天，一天都要待在家里，大街上空无一人，现在商场里人头攒动，人声鼎沸。过去春晚是老百姓的一道精神大餐，今天无论怎么用力都很难再讨好了。作为形成于农耕时代的中华民族传统节日，春节今天已经成为横跨腊月和正月，包含了腊八、小年、除夕、元宵节，由一批节日、风俗组成的节日综合体。春节变化的何止于这些呢？有些习俗、古制已经湮没于历史的风尘中，只能散现于文人的字里行间了。从“爆竹声中一岁除，春风送暖入屠苏”中，我们知道了古代有元日按照先幼后长饮屠苏酒的习俗。过去还有小年做关东糖的习俗，说是为了糊住灶王的嘴，让灶王上天言好事。

年还是那个年，但每个年的光景不一样了。“年味淡了”的品咂里，四代同堂的大家庭慢慢变成了一个个三口之家，在轮流回到两个家庭过年的平衡中总有难以言表的无奈。无奈的其实还有“年”本身，它又何尝不在时光飞速发展的车轮下战战兢兢。过去，家人闲坐，灯火可亲就是年味最浓郁的时刻；今天，“云拜年”“云团聚”让过去的“千里返乡”转换为今天的异地过年，从过去的压岁钱到今天的“红包雨”，从过去的

“肩挑手扛”到今天的“一键到家”，从过去的围坐电视守岁到今天的掌端影院过年。过年的模式变了又变，新了又新，归心似箭的情感依旧朴实醇厚，家族团圆的观念依旧深铸于中华民族的基因。于是，我们就在“年味淡了”的伪命题中周而复始地过着一年又一年，对故里的回归，相距千里万里与老家割不断的根脉，农业文明烙在每一个中国人心里的乡愁情结，又催促着我们年年如是地奔上回家的路。

从发展的历史视角看，“年味淡了”是社会进步和时代发展的必然，也不必大惊小怪。老舍先生笔下的春节是以“残灯末庙”的灰色字眼来结束的，但他同样又以欣喜而非惆怅的眼光看待春节的不热闹，那是因为过年不再托鬼神的庇护，少了抢头香、祭财神的迷信活动，少了买香烛纸马的开销，因而是“清醒而健康的”。今天人人感受上的“年味淡了”，背后是信息科技的进步，是人们思想观念上的解放，它让“过年”的精神文化需求更丰富了，让人们的选择更多了，让吃吃喝喝不再是过年的主调，让春节从“肚皮圆了”的纯粹物质享受发展成为物质满足和精神富足的饕餮盛宴。因此，“年味淡了”并不可怕，真正可怕的，是随着春节风俗的淡化、简化，其所蕴含的传统精神的消散灭亡，是年轻一代在“现代化表达”中对传统节日的心理遗弃。文化学者冯骥才说，我们的传统——精神文化传统，往往就是依靠这代代相传的一年一度的节日继承下来。这个传统精神就是“对美好生活不懈的追求，对大自然的感恩与敬畏，对家庭团圆与世间和谐永恒的企望”。

今天，我们讲要“提倡仪式感”，春节就是中国人奉献给世界的，世界上规模最大的、周期性的集体仪式，是中国5000年文明孕育的璀璨之花，是中国人的文化自信，其所提供的丰富的仪式感，更需要一代代中华儿女用文化自觉的使命感去传承。知晓春节的风俗、禁忌，是作为中国人的根本，不需要去恢复、重现所有的风俗仪式，重要的是要有仪式。春节能够满足每一个家庭的仪式需求，各个家庭只需要从中选取自己所需要的，建立自己家族的春节仪式，仪式中所体现出的仪式感就能够让我们建立起与先人“思接千载、视通万里、精骛八极、心游万仞”的情感联系与对话，更重要的是这些生活化的仪式能够把家人紧紧凝聚在一起，进而在欢乐的氛围中传递给家族成员“齐家”的理念，进而铸就中国人浓厚的家国情怀。

年味淡然足慰心。淡的是模式，不变的是情愫；淡的是物质，不变的是希望；淡的是仪式，不变的是文化内核。不论年味如何寡淡，镌刻在我们每一个中华儿女基因中的“和谐”“团圆”“知足”“自强”的精神意义和民族品格从来没有变。春节是中华优秀传统文化的生活实践，永远滋养着龙之传人，建立起、充盈起生而为中国人的独特的精神世界和“美美与共”的价值观。

2022 年 3 月

理想之想

8 月末，维国兄从杭州回，某天约在我的办公室，对一个经济类课题进行讨论。讨论完毕后自免不了谈些家事国事。他突然问道：“你现在的理想是什么？”我一时怔住。

记忆中，最早的“理想之问”是在小学一年级，老师在课堂上让每个同学都来回答这个问题，我脱口而出，我想当一名船长。事实上，那时候的我从来没有见过真的轮船，或许仅仅是因为曾在一个画册上看到了一艘大轮船的酷照而已，就像电影《小兵张嘎》里，嘎子对玉英妹妹说，等打跑了日本鬼子，自己的愿望是学开小火轮一样。那也是嘎子的理想。

理想是高远而无极的，当一名船长代表了髫龄时代的我最大的视野，尽管现在的我却干着不仅和船长不相干，甚至和水都一点不沾边的工作，但偶尔还会作为一个笑料和友人提及这个湮没无踪的船长梦。不知道嘎子哥的理想实现了吗?

我与维国相识 10 多年，二人时相过从。他虽年过 40，但理想仍然明亮，他坚定地告诉我，他的理想是回报所有曾经帮助过他的朋友及生命中的贵人，并通过自己的行动造福更多的人。文人的情怀啊，一直未尝止息。

理想和志向大抵相埒，但与志向相比，理想是个似乎更加高大上的词汇，它因具有“摩顶放踵以利天下”的为国为民的追求，而具有了“金甲圣衣”“七彩祥云”般的光芒。宋代张载在《横渠语录》中为自己立下了“为天地立心，为生民立命，为往圣继绝学，为万世开太平”的志向，今天这已成为一切有抱负、有追求的知识分子的共同理想，夺目之光穿越历史熠熠生辉。

恰恰因为“理想”所与生俱来的神圣使命感，竟让我一时语噎。自从船长梦破灭后，我再没有认真思考过这个问题。在人生的不同阶段，自然都有很多想要去做的事，但每一件事都很接地气，似乎没有一件事能够纳入理想的麾下。我更愿意避开理想之光芒，而冠之以“梦想”。梦想之于理想，因贴近生活而更触手可及，因相对易于实现而更容易让人获得成就感。

天才的理想主义者马斯克为自己构建了火箭回收、火星殖民、星链计划、元宇宙霸业的“理想世界”，芸芸众生也恪守着“把养我的人送走，把我生的人养大”的责任，理想也好，梦想也罢，无非都是对生

活的希冀，对价值的笃定。人到中年，活的从来都不是自己。为别人考虑，为别人而活，这是中国人代代相传的活法。这是中国人殚精竭虑、宵衣旰食的精神支柱，不管高尚还是卑微，不管境界高远抑或渺小，不管是标榜还是埋藏，不管是阳春白雪还是下里巴人，后面都有一个理想的东西在燃烧，都应该值得社会怜见，我们应当为每一个追梦者喝彩。生活的理想就是为了理想的生活，何必在乎理想之想的等级与位次呢？

每个人都有每个人的“理想国”，它让我们为之驰而不息。

2021 年 9 月

说身体

“身体是革命的本钱。”我们经常把这句话挂在嘴上。“健康是1，名利、地位、荣誉、爱情、事情、家庭、友谊都是0。有了前面的1，后面的0才会有价值；如果没有这个1，那再多的0都只能等于0。”人类总结的这句话多么好。但是人类因其高级而复杂不可捉摸，认识得比谁都深刻，能够讲出富含哲理性、思辨性的警句，却并不代表我们能履行这句话。我们的周围还充斥着很多尔虞我诈、见利忘义、唯利是图、铤而走险、不择手段、勾心斗角的人，他们为了满足自私自利的欲望，常常让身体超负荷运转。只有到身体垮下来了，才终于看淡世间的是是非非、砸破心头的名缰利锁，开始自我赎罪，补欠自己对身体犯下的恶行。

身体不是机器。近年来，科学和哲学对身体做了根本性的重估。科学显示，身体能被拆卸和重构，哲学通过强调肉体是我们对于世界的经验和知识的中枢，对传统的精神优越于身体的观念进行了挑战，这可以被从心理学到医学，从艺术到时尚的许多相关的论辩所证实。首先，身体已被重新定义，身体的形式不仅是一个自然的实体，也是一个文化的概念：这是一套通过它的外观、尺寸和装饰的属性对一个社会的价值观进行编码的手段。

身体不是机器吗？身体的结构、功能和机器何其相似，大概身体是机器的“最新一代”产品吧。我们可以把身体看作一个建立在几何形状上的永恒结构：头、脖子、胸廓、肚子、手臂、腿和关节都可以抽象地想象为圆形、方形、球形、圆柱等等，机器不也是由一个个形状各异的螺丝、轴承、电路板等部件组合而成的吗？

尤为可怖的是，处于经济全球化、技术霸权化的数字时代，身体和机器在功能上慢慢地相融无间，身体更多地成为了机器式的身体，法国哲学家福柯认为，机器式的身体是规训策略的结果，它意味着最大限度地利用生命，压榨其精力，并且使其顺从、驯良。而且，机器也同时被解释成身体，并被赋予了人的特征。例如将计算机那令人惊讶的威力和刻板的男性概念相联，但它的谦虚谨慎又与刻板的女性概念联系在一起。在各个层面上，我们都可以把计算机当作身体来理解：它们有记忆，会感染病毒，会损坏（瘫痪），还会结婚（当接入网络的时候）。

技术对身体的入侵，已经使科幻电影部分变成了现实。美国一家公司为员工植入芯片，用以识别身份。动物学家把很小的芯片植入动物体内，用于标识和追踪野生动物，以及辨别宠物的身份。现年 50 岁的英国雷丁大学自动控制论教授沃威克可以说是世界上第一个“电子人”，早在 1998 年，他就将一个硅芯片植入了自己的手臂内，这个芯片跟家中的一台计算机无线相连。沃威克道：“人们的大脑可以自由进入全球计算机系统，访问它强大的智能数据库和知识海洋。”电影《最终剪接》讲的是未来世界人一降生可以选择在大脑中植入芯片，死后由剪辑者从芯片中剪辑死者生前的美好生活回忆，放给死者的亲朋好友看，聊以慰藉。数字时代下的我们也都具有了“电子人”化的表征。如果某一天你把手机落在了家里，你会感觉浑身不自在，你的身体系统会自动跳出一个提示框，告诉你：因为你没带手机，所以身体内部功能发生了紊乱，致使心绪不宁，六神无主。还不仅仅这些，那些听着 MP3 的人，他们的肉足踏在坚实的路面上，而插着耳机的身体则沉浸在来自虚拟世界的信号里，就像一个半人半电子的两面神在那里悠闲散步，他们身体摇来摆去，横跨不同的生存空间。那些使用数码相机、DV 的人，物质性的身体经由电子产品的拍照变成了电子人，是你的电子人形象而不是你本身被你四处传播。那些网上“常驻人口”们，他们的身体已经和计算机深度融合，具有了“夫妻相”，他们的手变成了鼠标手，肩膀变成了键盘肩，脸变成了液晶脸，肘变成了电脑肘。

技术已经深刻地影响了人们看待自己和他人的方式，从大自然中分离出来的身体越来越远离大自然，越来越义无反顾地投入技术的怀抱，人与人之间少了纯真，多了机巧；少了本性，多了冰冷；冷漠、怀疑、恐惧以及根深蒂固的爱的缺失成为了一直潜藏在人们心中的“丛林之兽”，成为都市生活中真正的人性的枷锁。这样的发展不知道是幸事还是灾难，究竟是身体的进化还是身体的异化，但至少有一点要坚持：身体是灵与肉的结合体，在人类发挥灵智、运用技术改造大自然时，一定要保持人类身体的自然属性。如果把自身变成异形，这绝对是一个悲剧。

2007 年 5 月

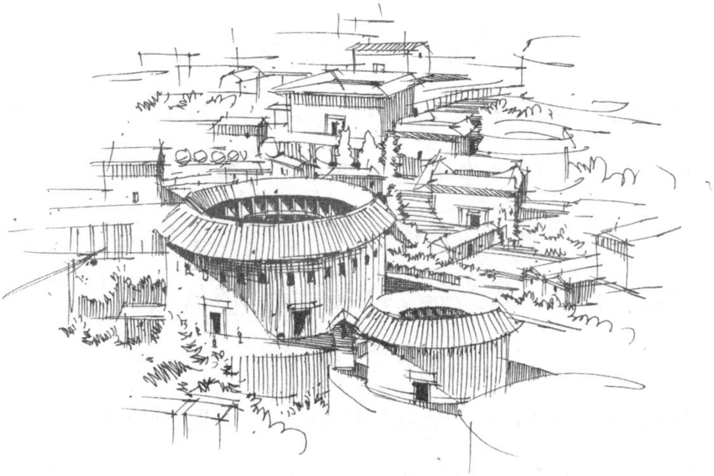

过 年

春节回来，见面相互寒暄：“年过得怎么样？”“嗨！凑合。”人人一副“心不激动，手不颤抖”的没感觉样。走亲串友、推杯换盏是人人共演的节目。那就一起骂骂春节联欢晚会吧。也不知春晚得罪谁招惹谁了，尽管它已成为国人除夕之夜一道必不可少的晚餐，但这并不妨碍每一年的春晚都被批得体无完肤。

作为中华民族最盛大、最热闹的一个古老传统节日，相传尧舜时期，我国就有了这个节日。殷商甲骨文的卜辞中，亦有关于春节的记载。而今，已没有人再去理会春节这个节日的来历了。春节还没到，每个人忙着计划置办大大小小的年货，计划给亲朋好友送礼，忙着为一张火车票上火。

腊月和新春本是“秋收冬藏”以后的农闲季节，《礼记》中也说过，岁末年初“劳农以休息之”。如今春节中的农民却难得这份悠闲，风尘仆仆地转车、再转车，气也不喘一口，就来到银行刷卡取钱。那可是辛辛苦苦一年的血汗钱啊，用钱的地方可多了，孝敬父母，走访亲戚，刚跟打仗似的过了初二，就又需要打点行装，依依话别，因为公司接站的车来了。

过春节最值得人们眼巴巴期待的就是能够吃顿好的，买上一个整猪头便是一家过个幸福年的好兆头，否则，这个年就觉得过得不景气。印象中，家里从小年就开始忙活，和上一洗澡盆的面，要蒸两大锅馒头、两大锅包子，要炸肉丸子、素丸子，还要炸“猫儿眼”“口条酥”之类的果子。这些活计一般在晚上进行，把电灯扯到院里灶台旁，蒸呀炸呀，那油香味美得我们在睡梦里嘴角还挂着笑。如今大家的生活水平都提高了，父母说，有钱可以天天过年。吃的吸引力已经让人没了感觉，人便懒得在吃上花心思，在饭店订上一桌，不用忙碌不用收拾。可精神需求却一点不能马虎，难怪春晚剧组现在的压力是越来越大，如果赵本山的小品哪一年被毙掉了，那么，整个东北三省的春节都过得冷清清的。“斗地主”“炒地皮”“打升级”的纸牌游戏却冷不丁地风靡全国，这可都是让我们的老祖先所始料不及的新鲜事。

拜年，是春节的一项重要风俗。除夕夜，在辞旧迎新之时吃饺子，晚辈要依次序给长辈拜年；不等天亮，要提着灯笼依次序去本家拜年；天亮后，大年初一要到邻居、乡里挨家挨户登门拜年，见面互相叩贺：“过年好。”“见面发财。”正月初二之后，开始互相拜年，彼此送礼，宴请宾客。现在拜年的形式更多、更迅捷，电话拜年、手机短信拜年成了时尚先锋，甚至在部分地方，通过可视电话、网络视频可以与国外亲人拜年。“恭喜发财”也变成了“祝你身体健康”。

中国人过年是一个贯穿两个月，由几个节日前后衔接、有机构成的活动。在春节之前，有腊月初一、腊月初八的“腊八”、腊月二十三的“小年”。春节过后，有正月十五的“元宵节”和正月二十五的“天仓”。而春节就是年的高潮。过年，展示了中国传统的装饰文化、民俗文化、酒文化、食文化等，如今，春节成了名副其实的商业文化节，360个行当，都在年前年后生意好得不得了，年三十，饭店座无虚席，初二，卖菜的小贩、出租车司机已经开始“上班”，各大商场一片温情，各大旅游景点一一爆满。

春节里还有一样唯一不变的东西，那就是孩子们对春节的期盼。他们不必像大人一样为拿不到一年的工钱而发愁，不必像大人们一样为置办年货而奔波，可在所有的享乐方面，他们总是占先的；好玩的他们先玩，好吃的他们先吃，有新衣服穿，七姑八姨比赛似的给压岁钱。大人们的脾气也似乎一下子变得好了许多，嘴上像抹了蜜一样，有点向孩子们讨好的感觉，据说孩子在年关里哭是不吉利的。我只是希望中国的家长一定要利用每年的这个时机告诉孩子们每一个节日的祈福内容，对他们进行中华优秀传统文化的熏陶，这在洋节大行其道的今天，显得尤为必要。

年年岁岁过春节，岁岁年年有不同。春节作为中国民族优秀文化的生动展现、中华美德代代相传的时空载体，在历史的长河中仍然以其持久的文化向心力和无与伦比的延续力，使中国传统年文化推陈出新。以血缘关系为中心的伦理传统，通过“年”的各项活动与风俗，深深地内化为一代代中国人的道德意识、行为和习惯。尽管祭祖、祭灶、贴年画已经很少见了，但是家家贴春联、放鞭炮、吃汤圆、拜年、吃饺子，倒贴“福”字的风俗却自始至终没有断过，回家团圆仍然是每一名中华儿女内心最深的根脉。

过年，是除旧迎新，预示着冬去春来，万象更新，反映了中华儿女对未来美好生活的向往与追求，表明了中华民族朝气蓬勃、自强不息、永远向前的传统气节和民族精神。

2004 年 2 月

怀着爱生活

电影《真水无香》是一部小成本电影，但也是一部具有强烈艺术感染力、思想震撼力的佳片。影片以基层法官宋鱼水为原型，通过对法理和情理、历史和现实的矛盾冲突和细致入微的人物刻画，生动再现了在我国法律制度土壤相对薄弱的实际国情下，增强老百姓法律信心，推进我国法治现代化进程的探索与实践，弘扬了以宋鱼水为代表的新时期人民法官以人为本、恪尽职守、爱岗敬业、精益求精的崇高品格，诠释了人民法院“一心为民、公正司法”的根本宗旨，对于推进全社会普法教育宣传，传播现代法治理念，增强公民法治思维具有重要意义。

影片既不具有壮阔宏大的场面，也没有科技感的蒙太奇，在法院、法庭的主体环境背景下，法官、原告、被告三者间尖锐的立场冲突、利益冲突和人性冲突在辩论对话中推进情节发展，给每一个观影者带来持久而深刻的教育启迪价值和思想触动价值。

一是体现为对大众法律思维意识的重塑。影片紧紧聚焦法律问题典型案例，深入剖析案件的历史事实与法律事实。电影时长保证了这种深入性。影片观摩下来，除了表现宋鱼水因加班与儿子的一段电话交流之外，几乎没有更多生活化的镜头，几乎每一个镜头都是在工作——庭前调解、走访调查、案情讨论、法庭诉讼等，由于排除掉了一切多余的镜头语言铺陈而就事论事，三个案件穿插进行，避免了单调与空泛，也同时具备了对案情深挖细掘的充足空间。这种深入性还体现在对案情的时空辩论与持久反思。这种反思既是情节上的推进，如宋鱼水与同事李聪对人民法官职责的理念矛盾，这种反思同样也有形式上的突破。影片采取时空对话、虚实结合的方式，巧妙地把现实中的宋鱼水法官切入镜头，融入情节而跳出情节，在与宋鱼水的扮演者进行面对面的对话中，阐述独特国情下情理与法律的巨大矛盾如何在实践中把二者有机的结合。

二是树立起了宋鱼水形象的社会示范性。宋鱼水虽然是一名基层法院的法官，但是她爱岗敬业、勤勤恳恳、脚踏实地、富有理想与热情，不正是全社会各行各业乃至新业态从业人员的典范吗？她在工作中富有理想主义，不仅仅满足于以法律为准绳，以事实为依据完成法官断案的本职工作，而且认为法官还应当承担维护弱势群体利益，降低社会成本，化解社会矛盾的责任，期望以自己的不懈努力和实践探索为中国特色的法治进程、法治改革、法治道路贡献一份力量。宋鱼水就是我们每一个人心中的理想模板——热爱、坚持、耐心、细致，既有迎难而上的责任担当，又有捍卫法律的忠诚信仰，更有心灵相通的悲悯情怀。每一个观众都能从宋鱼水身上找到自己的影子，进而感受到精神的强烈震撼与情感共鸣。

影片在三个法律“官司”的同步穿插推进中，自始至终充满了法理和人情的交织，历史事实与法律事实的错位，法律思维和传统思维的冲突。被告张先生生产自己开发的产品却被法律诉讼为侵权，原告高中汉购买的锅炉是伪劣产品，但揣着良心上法庭却遭到败诉。被告“荷香园”老厂生产了几十年的商品被人抢注商标后面临巨额赔偿。三个各自独立的案情却一个接一个发力的把传统与现代的转型张力拉满、历史与现实的纠葛张力拉满。

这三个案件为我们呈现了三种不同的结局。从高中汉以死抗法的老百姓的民间解决之道，到张先生决心拿起法律的武器重新提起上诉，再到百年老字号“荷香园”在法庭调解后破茧重生，重新焕发生机。在强烈的对比中反映了老百姓的法律意识、法律思维逐渐得到提升，同时在更深层次上反映了以宋鱼水为代表的优秀基层法官在法律的博弈对立中平衡各方利益诉求的努力与坚持，对法律弱势群体利益的保护。许多简单而朴素的台词生动诠释了老百姓在宋鱼水心中的分量重若千钧——“老百姓是最简单的，也是最善良的。”“让打官司的老百姓都能看到法律是公正的”“只有老百姓信任法律，中国法治才有希望。”“情理和法理难道就不可调和吗？”“法律的逻辑和老百姓的逻辑难道就不相通吗？”。她以以人为本的法律理念，在法理与人情这条看似不可逾越的鸿沟面前，架起了一条相互交融的桥梁。

影片中有个人物不能忽视，那个刁蛮的陈老太太不仅游离在三个官司之外，而且游离在当下时间之外，但显而易见，她的戏份不少，穿插出现在各个官司调查、调解、诉讼期间，絮絮叨叨地诉说着她的历史冤案及人生故事。设计这样一个看似与主题相关性不紧的人物，编剧究竟想要通过她传达一个什么思想呢？或许想要说明在法治建设不完善的时代，一个无处伸冤，无法改写自己多舛命运的小人物的悲剧；又或者反过来证明，中国人传统的落后观念对个人命运的不公正支配，亟待推进法治建设进程的紧迫性。不同的观影者肯定有自己的体会吧。 我认为，这个老太太是贯穿整部影片的核心人物，更是这部电影想要通过她表达出的核心思想——守着爱生活，为爱而活。老太太守着美好的感情，战胜了人世间的政治风波、社会运动，颠沛流离，依然爱而慈祥。宋鱼水法官以她朴实、严谨的工作作风以及全心全意为人民服务的奉献精神诠释着对法律工作的热爱与执着，再现了好法官宋鱼水“辨法析理、胜败皆服”的时代先锋形象，一个在法律思维与人文关怀的完美结合上孜孜追求的形象，一个锲而不舍，柔中带刚的巾帼知识分子形象。

教育事业是塑造灵魂，塑造生命、塑造新人的爱的事业。爱本身就是教育方式，爱更是所有教育工作者必备的核心素养，是高尚师德师风的源泉。每一位教育工作者都要学习宋鱼水法官身上所洋溢的“爱”的真谛——对法律信仰的坚守，对开创中国特色法治道路的实践探索，对老百姓的悲悯及对和谐社会建设的责任。教育工作者更要胸怀“大爱之心”，常修师德之风，并用这份爱点燃我们的生命，彰显教师淡泊高尚、宽厚谦和的人格魅力。这种爱是让我们不断提升教育教学水平的育人初心，是钻研学术科研而苦中作乐的恒心，是教育管理学生而循循善诱的耐心。我们还要用爱为我们的年轻一代披上无坚不摧的铠甲，在抵御生活的风雨中柔软而不失坚强，真水而至无香。

2009 年 11 月

幸福着你的“幸福”

古往今来，“幸福”都是跨越阶层、民族、时代的全人类共同的梦想与希冀。于是，关于“幸福”的命题作文以诗歌、散文、小说的形式流布于世，引车卖浆、贩夫走卒也有着属于他们的小小的“幸福”梦。正如有文章说，“幸福是个好东西，拥有，我们珍惜，没有，我们追求，她实在是一位人缘极好、人见人爱的好朋友。”

幸福是一种美妙的感觉，是人到中年还能走在回家的路上，听得见父母的唠叨声，是伸出一把手帮助别人后洋溢的自我价值感；幸福可能更简单，它可能来自淅淅沥沥的小雨所带来的平静与安宁，可能来自俯身花香沁、抬头流云起的一瞬间，也可能就藏在妈妈包的饺子里。你不需要去定义幸福，你只需要去追求幸福，体验幸福，享受自己分泌的多巴胺所制造的自我催眠所带来的这份由快乐、满足、追求与意义混合而成的超级情感。

幸福并不都是当下的、在场的，它可能来自对过去某一段时光的回味，岁月的窖藏酿出了幸福的甘味。幸福甚至可能是从苦难中发酵而来的，当你为了一个目标而熬夜拼命、夜以继日，最终成功上岸、登顶时，过往的困苦、汗水、奋斗都化为了幸福的回忆。

有人说，幸福是别人眼里的，你的生活状态、碌碌日常可能是他人努力追求的、羡慕而渴望的，你就有了自己感受不到而被他人赋予的幸福。幸福从来没有标准的答案，“喂马、劈柴，周游世界”的诗意生活，是海子笔下“幸福的人”。“为了同时代人的完美，为了他们的幸福而工作”是青年马克思树立的“幸福观”，这个属于千百万人的幸福又是大道至简的理想，需要用一生去追求与践行。她像一位神秘的女神，露出蒙娜丽莎般的微笑，我们用尽一生也只能无限地接近她。

我们终生在追求幸福。殊不知，我们有时恰恰在追求幸福的道路上丢失了身边的幸福。这一般是由于我们对幸福的不正确观念造成的。在今天，人们越来越把财富的多寡与幸福的高低挂钩，并为之白天黑夜拼博，为之背井离乡远走。“把幸福完全寄托在财富上，是人类无数错觉中最大的错觉。”固然，幸福必须建立在一定的物质基础之上，钱能解人世间的许多苦与忧，但对财富的贪婪并不能增加幸福感。宫殿里也有叹息，寒舍中也会传来歌声。当我们惊心于股价的波动，醉心于投资、消费，被各种贷款压得抬不起头时，我们也许已经忘记了身边壮美的日出，满天的云霞，忘记了审美的感受、运动的快乐，错过了与家人陪伴的时光。甚至于，我们碌碌一生所追求的幸福，有的还是有毒的幸福、虚假的幸福。因此，让我们的物质条件变得更好的方法与让我们变得幸福的方法并不一致，甚至有可能产生冲突。

亚当·斯密说："还有什么可以增加一个身体健康、没有债务、问心无愧的人的幸福呢？"是啊，没有康健的肉体，拿什么去体会人伦的幸福呢？然而在快节奏的当下，健康却成为了许多人追名逐利，换取身外之物所甘愿舍弃的东西。幸福既来自有规律的运动锻炼，也来自心态的从容与豁达；幸福既需要珍视，需要创造，更需要有感知幸福的能力；幸福是从不放弃成长，又一直在学习成长中；幸福是心无挂碍，坦坦荡荡，感受一花一世界。

幸福的源泉来自于实践、创造、劳动，并在这个过程中幸福着你、我、他的幸福，如果做到这些，那么我们都是最幸福的人。

2022 年 6 月

桂香浮动月黄昏

心中一直忘不了一种香，建院的桂香，我与它结缘于刹那的邂逅，却成为刻骨铭心的悸动，长驻心田。

这缘起于我在办公室工作的那几年。当时学校处于负重爬坡的发展阶段，办公室繁重、艰巨的文字材料工作常常压得我疲于奔命，不得不天天晚上加班到很晚才回家。我也逐渐习惯了那几年晚上回家只有星星和月亮的陪伴，一个人静静地走在校园里，静得能够真切地听到自己的脚步声，仿佛偌大的校园只有我一个人。疲惫的身躯被路灯拖得很长，不知道这样的生活还会持续多久，不知道未来的方向，那段日子恰如这暗夜般无边无际。忽一日，子夜时分从行政楼走出，连路灯都打着瞌睡，我一个人慢慢拐过楼前的花丛，顿时，鼻息一股暗香吸入，馥郁芬芳，浓烈持久，仿佛一股真气流通周身百骼，神清气爽，工作的疲态一扫而光。从此，每个夜晚我走过那片花林，总要放慢脚步，让那最纯洁的香气来提神醒脑，益气解乏。我从来没有去刻意地想知道这是什么花，但每年阴历八月的相约与守候，让我慢慢知道了桂花。因为曾经最苦，所以最难以忘记这种香，尽管悠悠已过 10 多年，却清晰如昨。

“疏影横斜水清浅，暗香浮动月黄昏。”世人皆知“梅妻鹤子”的林和靖先生这句写梅的千古名句，为他赢得了生前身后名，以至于辛弃疾在《念奴娇》中都对“多少骚人词客”发出了“未须草草，赋梅花”的忠告，因为“总被西湖林处士，不肯分留风月”。欧阳修最为称赏该句，他说：“前世咏梅者多矣，未有此句也。”然在我看来，似乎赞誉过了，一来这句诗是化用了五代南唐江为的残句“竹影横斜水清浅，桂香浮动月黄昏”，而林逋只稍改两字，以虚化实，顿使梅花形神活现，似有讨巧之嫌。二来从现代科学角度分析，梅香最浓是早上，桂花恰是在傍晚时分香气最浓烈。暗香应该还含有指代时间上的深层意味。“浮动”二字也很值得琢磨，用这个词来指称香，说明这个香气传得远，酿得浓，流动得慢。桂花因其浓郁，一般 10 米左右是最佳的距离，而梅花一般要凑近了才能闻到淡淡的香气。况且，春寒料峭的时节更令梅香浮动不得。因此，与梅花的“冷香”相比，“暗香”才应该是桂花的代名词，安放在梅花身上虽无不可，但多少有些牵强附会之意。你听，李清照不是有言，“梅定妒，菊应羞，画阑开处冠中秋”吗？

暗香是桂花之自由天性，也是桂花之含蓄美，它从来不是以其花容来“流芳百世”，梅花则从来是“墙角数枝梅，凌寒独自开”“众芳摇落独暄妍”的傲立枝头、冰清玉洁的形象。在中国的古典意象中，“绿肥红瘦”常常是最鲜艳的颜色组合，桂花的淡黄色、金黄色也从来没有能够让人惊艳。世间我们一眼就能够看到的花基本上离不开绿叶的衬托，而相反的是，桂花的小米粒花朵却调皮地躲在硕大而茂密的桂叶后面，像一个个怕见生人的孩童，簇拥在一起的小黄花，接受着叶子的庇护。这让我肃然起敬，也更能理解李清照所言桂子“自是花中第一流”的超高赞誉了。

品高香浓的桂花啊，恰恰是人世间的芸芸众生，如你如我，普普通通、平平凡凡，但却始终用汗水、智慧推动历史的前进，给人间吐露芬芳。

2017 年 10 月

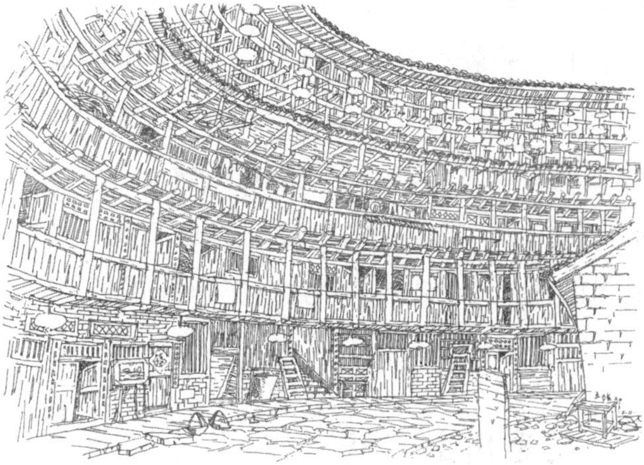

“嘟咕嘟咕哒嘎嘟咕嘟哒哒”

2022 年世界杯在“嘟咕嘟咕哒嘎嘟咕嘟哒哒”的魔幻声音中开幕了，来自五大洲 32 路豪强齐聚卡塔尔，再一次捉对鏖战，只为赢得至高无上的“大力神杯”。

（一）世界杯的阿 Q 精神

中国队再一次毫无意外地缺席了本届杯赛。嗯，有时想想也是好事。世界杯是球迷的狂欢。中国队去了，享受就甭想了，万箭穿心、撕心裂肺、肝肠寸断、捶胸顿足应该差不多吧。这样多好，既享受了世界杯的盛宴，又看着球场被“世界第一，中国第二”的中国元素的广告牌所包围。嗯，很有中超的现场感，可这比中超的观赏性强太多了。

有时想想，我们早就深谙并玩腻了这一套游戏规则。华山论剑、决战光明顶，这是武林正邪各派一争高下的平台机制，所以，九阴真经、屠龙刀、葵花宝典甚或武林盟主之位就是武侠世界的“大力神杯”。这么说，好像有点阿Q味了。但对于中国人来说，阿Q精神有时还是必须要有的，尤其当世界杯又和我们说“拜拜”的时候。

（二）冷门迭出必有妖

世界杯有冷门，今年尤其多。

难不成是世界杯首次在北半球的冬天举办造成的？

卡塔尔确实有点冷。开幕式第一天，中国解说员边解说边抱怨人站在球场边仍觉得很冷。这让我们首次见识了卡塔尔的空调是吹向室外的。

沙特队第一次亮相，就以不可思议的进球把大热球队阿根廷队斩于马下，韩国最后时刻绝杀葡萄牙，不仅让葡萄牙旧仇未报而且生生把乌拉圭挤出局。从不被看好的日本队竟然能够连克曾经的世界杯冠军德国和西班牙，在死亡之组以第一名的世绩出线。非洲球队摩洛哥黑马成色十足，先后战平上届世界杯亚军克罗地亚，战胜上届世界杯季军比利时，淘汰“传控鼻祖”西班牙，昂首闯进8强。

这届世界杯不仅冷门多，而且反常现象也出奇的多。掌握控球权是被现代足球奉为圭臬的准则，西班牙催眠式踢法更是以“把球传进球门”而把掌握控球权演绎到了极致，但是这届世界杯掌握控球权队伍的往往却掌控不了自己的命运。德国对日本的控球率高达74%，西班牙对日本的控球率高达82%，但笑到最后的却都是日本。日本队稍微癫狂一点，把自己的控球率提高到57%，以为可以痛击哥斯达黎加，但却被哥斯达黎加唯一的一次进攻而“一剑封喉”。

给点有说服力的数据吧，本届世界杯打进16强的队伍中，亚洲球队占了3席，非洲球队占了2席，而上届世界杯打进16强的球队中，亚洲球队只有日本一个独苗，非洲则被剃了光头。

不排除个别冷门背后有阴谋与算计——瞄准分区及以后的八分之一、四分之一决赛，从而主动选择对手。嗯，德国肯定不是，因为已经捂着嘴回家了。西班牙也许是，但却选错了对手，不仅被距离自己国家只有15公里的摩洛哥大兄弟磨成了0 ∶ 0，而且还被零封了3个点球，真是“远亲不如近邻”啊。

狂喜与悲切都在一瞬间，天堂和地狱之门多次反转。有的在挫折困顿中愈挫愈勇，不坠青云之志；有的在优越富足中，内耗加高抬腿，飘飘然跌下神坛。像极了我们的人生，跌宕起伏，大起大落，实在是太刺激了。

（三）青春起搏器

不知道是不是因为习惯了夏天看世界杯的生物钟，我对在小雪、大雪的节气举办世界杯多少还是有些迟钝和恍惚。

我知道这是自己给自己找理由。4年一届世界杯，我们的模样或许变化不大，但心境可能早已经不是4年前了。我试着挥动手臂，握紧拳头，捶着胸口，想让自己兴奋起来，可是像捶在木头上一样，心无波澜。

世界杯啊，让我们感受到了青春的流逝，又同时点燃了我们青春的余烬。谁没有过上大学时熬夜通宵达旦看世界杯的经历呢，那是足球加持下的青春本色；现在下半夜的场次坚决不看了，因为熬不住。谁不陶醉于精彩绝伦的进球、水银泻地的传切、滑跪的庆祝和高举金杯的胜利之光；但现在我的脑海里关于世界杯的最深刻记忆，竟是悲情王子巴乔那孤独无助的背影。拥有“大力神杯”的胜利者只有一个，大部分失败者的青春之歌写满了泪水与不甘。

每一届世界杯既给我们带来了欢乐，也悄悄偷走了我们的青春，那是以 4 年为界的人生休止符。

每一届的世界杯既让我们回忆青春，又欺骗我们青春依旧还在，那是每 4 年都要被重新激活一次的除颤器。

嗯，激情褪去，青春一定发黄了吧，不怕，我们还有仪式，世界杯就是唤醒青春的仪式。一定要看看世界杯，让我们一起重新找回曾经年轻时的青春感叹号。

附言：2022 年卡塔尔世界杯期间，看球之余又有几多感慨，慨叹中国足球的悲壮、足球运动的算计与力量、足球规则的改变、足球科技的赋能……原准备写几篇关于世界杯的小文章，但随着“嘟咕嘟咕哒嘎嘟咕嘟哒哒”魔幻声音的消失，有些开了头的文章却再也写不下去了。写东西有时也是需要点氛围的。

2022 年 11 月

捌

亲情篇

QINQING PIAN

“世间好物不坚牢，彩云易散琉璃脆。”在这崇尚消费与浮躁不安的时代，面对万千诱惑，我们唯有守住内心的平静和自由，扫除岁月积攒的灰尘，荡涤人性中的贪欲，才能真正把我们的爱呵护好，让爱永如初见般美好。

完美温情

——《父母爱情》观剧有感

《父母爱情》这部连续剧开播于2014年，之前只零碎看过点片段，没有留下多少印象，5年后，我通过“学习强国”的平台完整看完了这部网友公认的“暖剧”。

全剧44集，照我这一天两三集细嚼慢咽的速度，不消20日就看完了。看完很是感慨，短短44集，既浓缩了一个人半个多世纪的人生之旅，也写尽了一个人从恋爱、结婚、成家、育子、晚年的酸甜苦辣的一生。从男女主人公的一生，也黄粱一梦般地看到了自己的一生，这也是一代代普通人的一生。每一个人虽然各有其不同的生活区域、家庭背景等，但大抵都脱离不开钱穆笔下的“人世界”。

一

真实的社会人生要更复杂。不知道可不可以说，没有哪两个人的人生是完全相同的。伴随着对力比多的共同追逐，这场以爱为名义的旅行带我们看到了不一样的风景。既有“人生大起大落，实在太刺激”的过山车般的人生，也有 “双剑合璧，快意江湖”的云淡风轻，更有“遍体鳞伤，爱恨情仇”式的孽债与纠葛。《父母爱情》向我们展示的就是绝大多数人必须经历的人生百态的最大“公约数”——人人都无可避免的人生模式。但这部剧基本上排除了一切的时代风雨与政治运动，把世俗人生所认可的幸福因子都杂糅在了一起，打造了人人钦羡的人生旅途的“完美版”——漂亮知性的大城市妻子、儿女双全、事业的蒸蒸日上、晚年生活的安逸富足。编剧甚至于在多子多福的暗喻之外，还进一步以双胞胎予以强化，而且还是极致的龙凤胎。用今天的一个流行词语来说，男主人公江德福真是一个不折不扣的“人生赢家”啊，像极了《枕中记》的卢生或《南柯太守传》中的淳于棼。

《父母爱情》中的“父母”二人起点都不低，一个是青岛某炮校团长，一个是资本家小姐，均与普通老百姓的生活拉开一定距离，新鲜感是扑面而来啊，同时这样的身份具有艺术表现的巨大张力。但编剧又巧妙地为这二人设置了硬伤。江团长虽然有一级战斗英雄的履历，但他却是一名进入炮校高级扫盲班的大老粗，而且还是离过婚的大龄二婚青年。安杰是资产阶级的大家小姐，待字闺中，憧憬着白马王子从天而降，但资本家的“成分”成为跟随她一辈子的标签。在那个特殊年代，来自两个世界的人阴差阳错地走到了一起。

我一直认为，这虽然是父母爱情，但是这个“父母”悬殊的差距使其不具有普适性、大众性。及至看到后来，男主人公江德福当上了海岛司令，更觉得这是司令的爱情故事，所以，他们的爱情之舟是舟内的亲人之间的生活的琐碎，很少受到外界风浪的拍打。同时，《父母爱情》里宣扬的爱情还只是一种“先结婚后恋爱”式的老派的爱情。对比现在一些虐心肉麻的爱情剧，我们会发现，男女主人公真正从第一次见面到组织上批准他们结婚，前3集就说完了，后面的41集全是婚姻中的爱情。

试着站在编剧的角度看，他可能恰恰是通过这两个在身份、地位、志趣反差极大的人的结合，来证明爱情有可以跨越一切的伟大力量，来证明真正的爱情不是相爱这么简单，是相守到老的伟大。自媒体时代，我们见证了一对对的公众人物的“金童玉女”般的结合，见惯了他们奢华的普通人想都不敢想的婚礼，但似乎恋爱得多么轰轰烈烈，婚姻就死得多么凄凄惨惨。所以，《父母爱情》真正是当前婚恋剧中的一股清流，是对当代浮躁人心、肤浅爱情观的“正本清源”。

二

该剧时间跨度很大，从20世纪的50年代初到90年代末。从人物上看，则是从男女主人公相亲开始到男一号在儿孙簇拥下过80大寿杀青，横跨青年、中年、老年3个阶段，再算上其为了展现5个孩子的成长而换了至少3拨演员，该剧算得上一部爱情史诗了吧。男女主人公的扮演者既选得好也演得好，把人物刻画得惟妙惟肖。郭涛演活了农村人的粗犷与旧思想，梅婷演活了资本家小姐的气质与举止。该剧生活气息浓厚，但这毕竟是艺术，艺术来源于生活还要高于生活的嘛。在这部剧中，编剧把江德福这个男一号“美化”得稍稍过了一点。你可以不认同我的观点，但至少我是这么理解的。江德福作为一名来自农村的穷小子，即便通过在炮校的学习，文化知识有了一定提高，但是情商这个东西可不是靠短期的扫盲学习就能够速成的，江德福却能够在结婚后立即具有宠妻的甜言蜜语、以及在自己妹子和老婆之间和稀泥的高情商，实在让人惊讶。每当剧中出现轻松欢快的背景音乐时，就是愣小子江德福化解家庭矛盾，展现高情商的时刻。婚姻可以把一个人旧有的生活习惯彻底改变，使他一下子跨越到“三洗丈夫”的行列，但是情商的提升却不是那么轻而易举的，与智商相比，情商具有的极强顽固性，“江山易改，本性难移”就形象地说明了这一点。我理解，这可能是因为一个人很难与自己过去的生活脱钩。江德福如早熟一般，洞悉婚姻之道，实在是在完美的人生履历中又增加了完美的情商。或许，男女主人公就是编剧心中爱情细水流长的最理想的样子。这样的典型人物还有《小欢喜》中的方圆，还有《少年派》中的林大为。这让现实中我们做父亲的压力何其大啊。

主角演得好，配角也演得很棒。刘琳把江德花这个角色饰演得很到位，突出表现了一个农村妇女的勤劳、善良、泼辣和率真。之前看过她出演的电视剧《香樟树》，你很难想象，江德花和陶妮的扮演者是同一个人，真不愧是实力派演员。

也许是为了表现“人多力量大”的时代背景，5 个孩子符合那个年代的价值观，也是戏份比较多的配角群体，但在 5 个孩子的人物塑造上则是力度不一的。相对而言，老大江卫国、老二江卫东、老三江亚菲的戏份较多，老五江亚宁的戏份其次，老四江亚民的戏份最少。这从一个细节就可以发现，在表现孩子们的恋爱情节上，唯独省略了老四的戏份，等镜头转到干休所场景时，才发现安杰带的孩子是老四家的。老五的恋爱可以说是一笔带过，在孟主任带毛衣给江亚宁的第一次见面后，第二个镜头二人就已经确定恋爱关系了，不能不说处理得着急了一些。老三江亚菲的形象在恋爱细节上被塑造得更加饱满。她从一出场就是一个霸道刁蛮、大大咧咧、人人敬而远之的小丫头，以至于大人们开玩笑地说：“谁敢要？”她的这一个性也突出表现在了恋爱上。从激烈反对父母介绍的“潜力才俊”，到主动追求心中白马王子，再到后来的先斩后奏火速结婚，似乎从来也没有让父母省心，但等到江德福退休后，陪在二老身边的还偏偏就是她一个人，此时的她已经有主见，虽不是乖乖女，但已经化身为父母的小棉袄，陪侍在父母身边。这个形象鲜明立体，许多家庭都能从自己的孩子身上找到江亚菲的影子，或者希望自己的孩子能够像江亚菲一样。

剧中还有一个有意思的现象。剧中人物除了大样、二样等几个小屁孩，基本上都有姓名，甚至三样的大名叫丁庚文，也在老江夫妇探望王秀娥时有所交代。安泰的儿子叫安晨，但是唯独安泰的老婆自始至终都不知姓甚名谁，没有一个自己的名字。另外，还有一个地方我有点没看明白，到了安泰夫妻俩带孩子去看望妹妹一家，托江德福给孩子找个工作时，那孩子竟然是个亭亭玉立的女孩。我猜想，这个可能是两口子又生的孩子，但前文没有任何交代，显得有点突兀了。如果还是安晨，由于有前面的铺垫，可能会顺得多。

三

影视剧创作和文学创作一样，都要有一个叙事模式。文学中的经典人物塑造、情节设置、起承转合、首尾呼应、框架结构也都是影视剧改编或者创作中需要考虑的。以我的浅见，《父母爱情》形成了两个坐标轴，一个是时间的纵向坐标轴，从年轻时的一见倾心到年老时的相伴携手，表现爱情的长久；另一个是以女主人公为核心的横向坐标轴，这份爱情由最初的男女之爱发展到对家庭的爱，爱情由热烈转化为淡然，重在表达爱情的进化与厚度。

在横向和纵向坐标轴的共同作用下，该剧大致可以分为三个区间或阶段。第一个人生阶段是相亲与新婚燕尔阶段，江德福调至东山岛任职是第一阶段与第二阶段的分水岭，其地点标志是青岛某海军炮校；第二个人生阶段是事业与家庭生活阶段，从安杰上岛开始到江德福退居二线结束，其地点标志是松山岛；第三个人生阶段是退休与子女发展阶段，其地点标志是青岛海军干休所。整部剧的结构还是非常清晰的。

显而易见，第二个阶段是整部剧的重点，占的笔墨最重，达24集之多。或许这更符合那个年代“先结婚后恋爱”的主旋律，当然，这更与这部剧所要弘扬的“但愿人长久，千里共婵娟”的古典爱情观有关——重视婚姻幸福的经营，让爱情在婚姻中磨砺，在磨砺中保鲜，在保鲜中发酵，在发酵中转化，在转化中融合。这对于每一个进入婚姻殿堂的男女来说都是一门需要从头学习的艺术。当然，从大的方面来说，这不仅关系到一个小家庭的稳定，也关系到两个大家庭的和谐，更关系到整个社会的幸福指数。现代言情剧重在对童话爱情的讴歌，对苦难爱情的颂扬，沉浸于两个人的分分合合、卿卿我我的小世界中，甚至于把爱情选择在大中小学校园中，学习的主业反而可有可无、无关紧要，造成“校园就是谈恋爱的场所”的误导。一批追剧的少男少女早恋的年龄越来越小。由于大大脱离了生活本身，致使这些爱情变得空洞，贫瘠。当然，随着孩子一个接一个来临，《父母爱情》婚姻中的爱情也已经从小家庭的小两口的爱情向5个孩子的大家庭的亲情转化了。在先后给安杰娘家安排大哥、大姐家孩子的工作以及解决自己老家远亲的工作中，爱情更加牢固。这其中，还穿插了江德花的爱情追求。在以海岛生活为代表的婚姻阶段，5个子女成长的戏份不少，但仔细观察就会发现，子女与父母之间的联系不够紧密，在孩子成长过程中，父母参与得少，教育得少，就连老大、老二、老三改名字的事，都没有表现出父母的一点反应。给我的感觉是，男主人公似乎总是在饭桌上应承式地和孩子交流，女主人公则根本管不住几个孩子，这对于父母爱情主题的烘托则多多少少有一些偏离。

青岛海军炮校是江德福学习进修的地方，也是他与安杰相识相知、新婚燕尔的地方，他们俩在这里度过了一辈子无法忘记的美好时光。男主人公真诚追求，女主人公从“根本不可能”到“再见最后一次”到接纳他的态度变化，无不让每一个经历过爱情甜蜜的男女产生跨时空的共鸣，因此，前13集的第一阶段是整部剧最精华所在。从爱情的角度看，前13集，男女主人公的邂逅相亲与交往新婚的故事更契合爱情的本意。与第一阶段的美好相比，第二阶段重在表现爱情的厚实。经历过风雨如晦后的爱情则更加醇厚，这似乎可以说是第三阶段的爱情之语。

想想看，整部剧时间跨度长达50年左右，如果把这部剧改名为《金婚2》似乎也是可以的。在中国人看来，能够在一起相濡以沫50年就是人生的大成了，就是婚姻生活的圆满。这部暖剧的时间跨度从20世纪60年代到90年代，主人公最后儿孙满堂，安享晚年，含饴弄孙岂不是人生的圆满吗？

四

最后聊一聊该剧的艺术风格。风格不同于一般的艺术特色，它是艺术作品在整体上呈现出来的典型性风貌。虽然《父母爱情》讲的是20世纪的事，安杰的姐夫一家被下放到黑山岛的贫穷困顿，姑娘在美好年华因为“成分”问题被虚耗，多少有些沉重与苦涩。但从其整体看，这部剧风格偏向于轻喜剧无疑了。编剧似乎唯恐观众不知道它的笑点，还专门为每个笑点配了一段背景音乐。每当背景音乐响起，婚姻生活的美好瞬间与甜蜜爱情片段又温暖了每一个观众的心房。

除了音乐上的善意提醒，该剧在拍摄方法上的重复性暗示也是其喜剧风格的另一个“梗”。第一阶段中频频出现的海军宿舍大门，第二阶段中不时出现的一片红色屋顶的海岛风光，这些重复场景镜头与都市喜剧片《我爱我家》《家有儿女》中的城市空镜头的表现手法如出一辙。当然，《父母爱情》所展现的人员阶层、社会场景要更加多样，更加宏大。

此外，男女主人公的人生遭遇与境况也能说明这是一部轻喜剧。许许多多情节的推进大多都是在海军宿舍的小家里或者是在海岛的大院里发生的，情节的设置也大多是男女生活习惯带来的矛盾冲突，妹妹过来生活后发生的两个女人之间的矛盾冲突，孩子不听话、偷吃东西、自由恋爱的矛盾冲突，江德福真假儿子的矛盾冲突……全部看下来，都是不愁吃、不愁穿的富足生活气息的点滴，全然没有受到风风雨雨的磨砺与冲击。编剧或许看到了这一点，于是把暴风骤雨从安欣一家以及其他配角身上展现出来。男女主人公的家庭像是安了一个玻璃罩一样与外界基本隔绝，只沉溺于小家庭内部成员的零头碎脑的矛盾冲突。或许这些安排只是为了更好地说明安杰的幸福，她的大老粗男人帮她挡住了外面的一切风潮。

婚姻爱情中，真正考验婚姻的是婆媳关系，该剧设置了姑嫂这一对矛盾，却巧妙地回避了婆媳矛盾，其拈轻怕重的处理多少有点不符合常理。但该剧巧妙之处就在于，男女主人公的原生家庭中，父母都早早去世，安杰家是哥哥主事，江德福则是母亲早早去世，父亲自始至终没有出现，自己做主拿事。所以男女主人公的爱情中，就没有婆媳矛盾的一地鸡毛，而是充满了温馨与温暖，从而把重心放在男女主人公漫长婚姻之路上的相互拌嘴、相互“改造”中。女主人公安杰却活成了她的女儿江亚菲口中的小市民和农村老大娘。男主人公江德福则从一名农村土老帽活成了舞文弄墨的小资情调的甩手掌柜。这或许就是导演心目中的完美爱情——哪怕当初门不当、户不对，但是爱情的魔力却可以把我改造成你，把你改造成我。

2019 年 8 月

永远不变的情思

奶奶离开我们已经多年了，但是我仍然会想念她，她和蔼的音容笑貌常常浮现，让我感觉她从来都没有走远，只是再也不能相见 。

——题记

我的奶奶是我妈妈的妈妈。现在来看，应该叫姥姥才对，但我的舅舅家、姨妈家的孩子都是这么叫的，我们那里没有姥姥这个概念，不管是爸爸的妈妈还是妈妈的妈妈，我们都只有一个共同的称呼：奶奶。

在我还没怎么记事的时候，我的爸爸的妈妈就走了，我记得有这个人，但已经一点想不起来长什么样子了。爸爸的老家在偏远的村子里，羊肠小道曲曲折折，由于去得少，至今我也不敢自信地说能够准确找到老家。我儿时大部分的童年记忆都是和一个苏北小镇联系在一起的，因为那是妈妈的出生地，那是奶奶的家。从我还未上小学开始，每一年的暑假，我都要去奶奶家过上半个多月的光景。那是我儿时最快乐的时光。

奶奶家在小镇的中心，距离镇中心电影院的直线距离不过四五十米，每天坐在奶奶家的院子吃晚饭，都能听到电影院的大喇叭里传来的影片预告的声音和欢快的音乐，这和准备入场的人听得一样真切清楚。电影院就是我和表弟表妹们的根据地。我们在电影院周边的小商店里买冰棒、零食，看老人们下象棋，在电影院的院子里捉迷藏。镇上唯一的文化馆就和电影院并排着，文化馆是免费开放的，我白天一般要去“上班”，看看报纸、翻翻杂志、看看录像。我们清楚电影院的管理漏洞，于是变着法儿不买票。我们从电影院的窗户爬进去过，也跟在大人后面溜进去过。不过，电影从来也看不安稳，我们一边看电影，一边还要提防查票的。一看到手电筒的光束，就要在电影院里和查票人员来一场躲猫猫的惊险游戏。

姥爷在我上小学四年级的时候走了。姥爷走后不久，小舅也搬走了。于是偌大的院子里就奶奶一个人生活。暑假里，我们这一群小妖的到来给小院增添了生气。下午，舅舅家、姨妈家的孩子都回镇上的家里了，只有我和奶奶住在小院里。早上，我起床后，奶奶就带着一个大搪瓷缸，打满粥，再买上几根刚炸出锅的油条回来吃。上午大撒把地玩，中午饿了，推开院门，奶奶已经在做饭了。

我每天的生活就是吃完早饭，和表弟、表妹去电影院附近玩耍，去文化馆“打打卡”。赶上镇上逢集的时候，奶奶就带着我，买点菜以及其他用品。遇到街坊老邻居就打个招呼聊聊天。奶奶是个文盲，她虽然没有什么文化，但她还是挺跟得上潮流的。有一年，她见我换洗衣服带得少，趁着圩日，给我买了一件流行的圆领短袖汗衫，衣服胸前印着大明星刘德华的头像。开学第一天，我就穿着这件白色汗衫去显摆了一下。

奶奶生了6个孩子，含辛茹苦地一个个养大后，孩子们都结婚出去了，在镇上或县城里安家并开枝散叶。奶奶也越发老了，她住过几次院以后，基本上都是在几个孩子家轮着过。妈妈是家里的老大，每年她都要催着爸爸去把奶奶接过来住上一两个月。但是奶奶一到过年，就要去两个舅舅家。妈妈说过多少次要留奶奶在家过年，奶奶都不同意。妈妈说，奶奶一方面是考虑我们家孩子多，负担重，不愿给我们家增添负担；另一方面，农村里讲究养儿防老，如果不住在儿子家，会被人说闲话的。

妈妈和爸爸结婚后，一家3个大小子，家庭负担较重，奶奶总是记挂着她的大女儿。大嫂第一次来我们家的时候，奶奶高兴得喝了两盅酒。大哥、二哥、我结婚，奶奶都来了。我和奶奶说，一定接您到徐州，到我那儿住几天。但遗憾的是，大舅陪着奶奶到徐州看病，顺便到我这里看看的时候，我却出差在外。

工作后，我回家的次数越来越少，但是只要把奶奶接到了家里，妈妈都要和我说一声，我都要计划着回家几天，为了能够和奶奶聊聊天。我每次都要给她手里塞上一二百元，她逢人便夸，外孙好啊，外孙好啊，外孙都知道来孝敬我了。

奶奶走得很突然。2013年，她刚在我们家住了两个月，就被小舅接走了。约莫一周的时间，就传来奶奶快不行了的噩耗。那一年，奶奶虚岁89。总觉得还有时间，没有留下与奶奶的合影照，把奶奶接到我的小家住几天的承诺等等都随风飘散了。我多么希望时光能够倒流，让我有机会弥补我对奶奶的爱。

奶奶走后，一日我问妈妈，奶奶叫什么名字。妈妈说，叫张文英。张文英、张文英，我在嘴里重复默念了几遍，很陌生的感觉。我不管她的名字，我只记得她是我永远的奶奶，在孙儿这里，有着无法挽回的遗憾，也有着永远不变的情思。

2019年8月

此情可待成追忆

——读《我们仨》有感

杨绛先生的散文集《我们仨》是我在己亥猪年的寒假里慢慢品读的一本书。自己并不十分清楚为什么想和它照面，或许是因为久闻杨绛之名而心下仰慕，或许是该书常年居于各大阅读排行榜前列的人气与知名度，更或是寄望于从生活的琐碎迷惘中找到答案的“心明”。

从《我们仨》的书名就可知这是描写杨绛先生、钱锺书先生和他们的女儿钱媛一家三口生活点滴的一部自传体散文小集。更确切地说是从杨绛的视角来缅怀一家人曾经的欢欣与悲苦、动荡与荣辱、美好与泪水。透过书中汩汩流淌的文字，让我们看到了另一面的钱锺书——生活中真实的钱锺书，幽默风趣，“笨手笨脚”，隐忍谦让，安静恬淡；看到了另一面的杨绛——大小姐的灶下婢的苦难生活和对一家人的焦虑与牵绊；看到了一家三口永远在一起，同甘共苦，相守相助的温馨与时光静好。

全书共 3 个部分，从一个“我们俩老了”的暮年常做的梦说起，再到一个长达万里的梦，但却已是一个“我们仨失散了”的阴阳相隔之梦了，可即便是天人永隔，3 个人却还能在梦中说说话，相互牵挂，似乎从来也没有分开过。当“我一个人思念我们仨”时，却是此情绵绵无绝期，是一个比万里之梦还要长的梦了。如果说，万里长梦是虚幻，却又那么真实，生活追忆是真实，却又如梦似幻。家终归是旅途上的客栈，真实的是曾经的过往与温情，胜过一切的得失荣辱与名利。

杨绛笔下的钱锺书，没有了在学问上的狂狷之气，反而成为了生活上的“低能儿”——他们初婚后赴英国牛津大学求学时，钱锺书已近 25 岁，但他却不会打蝴蝶结，分不清左脚右脚，甚至还有下公共汽车时磕掉了大半个门牙的窘境。这虽然与读者心目中风流倜傥、温文尔雅的形象有着强烈的落差，但却让读者心中的钱锺书形象更加丰满了。或许正是因为生活上的“不谙世事”“不近烟火”反而成全了《管锥篇》《围城》等伟大作品。杨绛、钱锺书携手走过的风风雨雨，经历的家事国运，不论生活给予他们多么不堪的打击，他们从来没有停顿的是读书和写作，从来没有改变的是淡泊忍耐、平淡如菊的品格和“人不堪其忧，回也不改其乐”的传统儒家态度。他们夫妇二人从留洋时候的拒绝富翁要求改专业的诱惑，到辞谢联合国教科文组织的职务，再到一定要留下来，做“倔强的中国老百姓，不愿做外国人”的文人气节，无不使得钱锺书、杨绛“弱身硬骨”的形象更加高大光辉。

杨绛女士的思绪如“淫雨纷飞”，地域上从海外到国内各地的流迁，时间上从抗战到和平时期，他们一家人如同坐在人生大海中的一叶扁舟之上，被人生的大浪推来打去，但他们3个人紧紧地拥抱在一起，共担如晦风雨，守得花开见月明。是充盈在字里行间的“爱”字，让他们战胜了一切艰难困苦，也给我们提供了婚姻生活的爱情密码。父女之间玩伴般的宠爱，母女之间心心相连的疼爱，夫妻之间相濡以沫、朴素静谧的简爱，他们共同守护这份爱，笃信这份爱，在人生的淘洗中，爱被磨砺得越发光艳夺目。他们的爱并不轰轰烈烈，最浪漫的事莫过于家门口的“探险”与“格物致知”了，但也是这份爱给予了他们战无不胜的力量，正是这份爱让曾经蛰居的北师大学生宿舍、文学所办公室等任何一个临时居所都具有了家的温馨与暖意，也实现了钱锺书曾经的愿望——从今以后，咱们只有死别，不再生离。正是这份爱的初心让他们一起前行。杨绛先生曾在一次采访中说到她的婚姻观，她说男女结合最最重要的是感情，双方互相理解得深才能互相欣赏吸引、支持与鼓励，两情相悦。当代文豪双璧一甲子婚姻生活的绵长深厚的爱意，岂是这薄薄短短的《我们仨》所能言尽的呢!

我们也有“我们仨”，我们也可能把“我们仨”弄丢了。在一起的也许还爱得不够，离散了的或许正是对爱的考验。“世间好物不坚牢，彩云易散琉璃脆。”在这崇尚消费与浮躁不安的时代，面对万千诱惑，我们唯有守住内心的平静和自由，扫除岁月积攒的灰尘，荡涤人性中的贪欲，才能真正把我们的爱呵护好，让爱永如初见般美好。

2019年3月

水乡兴化游

和大学同学“老头”有十余年没见面了，电话里经常聊天，知道他毕业后就一直在兴化老家这个富足的苏中小城，和老婆孩子过着惬意的日子。很想在油菜花开时节去一趟兴化，既了却同学情谊，又能看一看最美的千垛油菜花田。

约上学校的四五家人，躲开清明节，于4月12日清晨，迎着绵绵的细雨，两辆车出发了。一路空气清新，路况良好。中午11:30左右，车从界首出口下高速进入扬州高邮界，县级公路不宽，但行人车辆稀少，雨后的路两边，行道树的枝叶绿得清透、浓得欲滴。渐渐的，路两边出现了盛开的油菜花，成片成片的，路边农家的房前屋后，一簇簇、一丛丛。闺女冬悦说，那油菜花多像面包。我们自我解嘲，我们还专门到景区看油菜花，在当地，油菜花就是他们的庄稼和收成啊。

12 时，车到了中堡镇中庄度假村。“老头”带着宝贝女儿已经在门口等候。停稳车，我们拥抱在一起，毕业十余年了，老头的脑门更亮了，真的越来越有老头样了。度假村方老板已经安排好了房间。我们品尝了当地最有名的鱼宴。我们向方老板敬酒，感谢他的帮助。由于这期间正是看油菜花的最佳时节，兴化市内所有的宾馆都满了，我们从网上找到了方先生开的度假村，但是度假村也住满了，方先生和我从未谋面，但他又热情地为我们联系其他宾馆，并预定了 5 个房间，没有收一分钱的定金。这一次自驾游得以认识方先生真是不虚此行啊。

下午，我们首先来到了李中水上森林。在一排排的水杉树间，架起了栈道，人走在上面，呼吸着清新的空气，让人心旷神怡。有的水杉树倒了，斜伸出去，改变了整齐划一的水杉林，增添了艺术意趣。白鹭的啼鸣声时远时近地传来。

第二天一早，我们在中堡镇上喝早茶，早茶毕，又逛了镇上的菜市场，大家发挥出购物的激情，有的买荸荠、小西红柿、菱角，有的买生姜、土豆，透露一下，我们一行人一共买了 120 斤大米，差点忘记了还要去看油菜花。待我们赶到千垛油菜花景区，哇，太震撼了。几百辆私家车已经沿着路边排了几公里远。即使这样，我们也已经很庆幸了，不知道清明节时景区会是什么样子。

进了景区，穿行在万亩油菜花丛中，阵阵油菜花的香气扑鼻而来。这期间正是兴化油菜花节，由于昨夜的一场大雨，油菜花朵被打落了不少，只有最上面还有着黄花，打落的油菜花瓣落在枝梢上，青青的长角果已经长出来了。

我们坐着船在两岸一垛一垛的油菜花田中摇曳前行，67 岁的当地老大妈轻轻摇着撸，木桨轻轻划开水面，微风轻轻地抚摸着我们的脸颊，我们谈笑着，欣赏岸边的黄油油的油菜花，小船穿过小桥，有人在船上唱起了歌，我们成了岸上的、桥上的游客的风景，他们也入了我们的风景。停靠码头，登高远望，一垛垛的油菜花仿佛是生长在水中的盆景，油菜花的黄色和水的灰色组成了一件亮丽的格子衫。

中午，我们到了兴化市内，游览了郑板桥故居。老头约我们十月间再来兴化，因为那正是河蟹青虾最肥的季节。内心又一次蠢蠢欲动了……

2014 年 4 月

此时你最美

人什么时候最美？女孩说，在披上婚纱的那一刻，最美。男孩说，穿上一身戎装的时候，最美。这是个人的小小幸福瞬间。

什么样的人最美？男人说，绰约多姿的女郎最美。女人说，风流倜傥的男士最美。这是异性之间“颜值”的相互吸引。

美人难免迟暮，英雄也会气短。时间的刻刀让这样的美如流星一般划过天空，只残留在一部分亲朋的脑海中。

有另外一种美，却能让时光定格，永远美丽如初。

2011 年，杭州一居民小区，在 2 岁女童从 10 楼坠落的一刹那间，楼下的普通市民吴菊萍徒手奋不顾身地冲过去接住了孩子，自己的左臂却粉碎性骨折。她因这一感人事迹被广大网友亲切地称呼为“最美妈妈”。

2012 年 5 月，一名普通驾驶员吴斌驾驶客车行驶在高速公路上，被一块突如其来的铁块击中，导致肝脏破裂及肋骨多处骨折。在危急关头，吴斌强忍剧痛完成一系列安全停车操作，使24名乘客毫发无伤。他是网友心目中的“最美司机”。

孙水林、孙东林兄弟接力为农民工结清过年工钱的诚信之举深深打动了很多人，他们是网友心目中的“信义兄弟”。

“最美妈妈”洋溢的友善、“最美司机”彰显的责任、“信义兄弟”的一诺千金，使他们成为永不褪色的温暖的最美丽的人。他们的凡人善举感动的是千万人，传递的是正能量，弘扬的是真善美。

这种美散发着人性的光辉，却发生在我们每一个人的身边。他们可能是“看门大爷”，可能是“广场舞大妈”，可能是“送水小哥”，可能是每一个普通人。

如果你扶起了跌倒的老人，如果你兢兢业业地坚守工作岗位，如果你敢于对不文明现象说不，那么，此时的你最美！

2015年6月

葡萄被我吃完了

不知道从什么时候开始的，孩子一到周末，就到姥姥家去“度假”。最初是带着一堆玩具，后来就拎着作业袋去姥姥家做。对孩子来说，听不到爸爸的思想教育和妈妈的唠唠叨叨，怎么都算是一件快乐无比的事情了。

这不，2017年的元旦假期刚开始，冬悦就赖在姥姥家，和我们说再见。晚上，我在家看着电视，孩子妈妈的手机响了，一听对话，就猜到一定是闺女打电话来了。她们母女对话了几句，爱人就把手机递给了我：“你闺女找你。”我接过电话，手机的那一头传来了孩子银铃般的声音：“爸爸，明天你把我需要的作业带过来。”

女儿丢三落四的习惯我是知道的，甚至我都从最开始掰皮说馅的教育者变成了现在习以为常的顺从者，有时就是去送一个眼镜盒，或者是一张试卷。虽然每一次我都是言不由衷地“拒绝”。

“讨厌，我早上又没法睡懒觉了。等我睡醒了送过去吧。”我轻描淡写地说。

“爸爸，等你睡醒了再送就晚了，我还急等着做作业呢。”冬悦说，“爸爸，等明天早上姥姥出去打拳的时候我就给你打电话，你就送过来。”

“怎么？这么早！”我惊愕地问。我知道冬悦姥姥都是早上六七点去小区的广场打拳舞剑的。

“别急别急，爸爸，你听我说。”冬悦安抚我，“不是有一首歌是这样唱的吗？”说完，在电话的那一头里传来了她的歌声，“阿门阿前一棵葡萄树 / 阿嫩阿嫩绿地刚发芽 / 蜗牛背着那重重的壳呀 / 一步一步地往上爬 / 阿树阿上两只黄鹂鸟 / 阿嘻阿嘻哈哈在笑它 / 葡萄成熟还早得很哪 / 现在上来干什么 / 阿黄阿黄鹂儿不要笑 / 等我爬上它就成熟了。所以，爸爸你要早点来啊。”我哈哈大笑，这丫头真“鬼”，竟把我比作蜗牛了。心里却是真的高兴，孩子才上小学五年级，就可以这么艺术地“教育”起爸爸来，比起我教育她的那一套大道理的说教强多了，让我这么地受用。

第二天早上近九点我把作业送来了，冬悦还没起床。我逗她：“葡萄呢？”她说，“爸爸你来晚了，葡萄都被我吃完了。”

2017 年 1 月

后　记

大学时代，我羡慕能够进入文学社的人，那瑰丽的语言、空灵的幻想，是只属于我们那个年代的纯粹，直到今天，我都认为那是大学里最高端的学生社团。那一篇篇小说、散文都是灵魂的舞蹈，孤独的寄托，是真正的文学，是真正的写作。因此，工作20年来所写的文字，虽不知其几十万矣，但大多为因事而生的应用文，全然不能与文学沾边。敢于冒着遗笑大方付梓出版，因为这些文字见证了我工作以来的成长发展历程、心路进化历程和高职教育文化改革发展历程。结集出版，意欲给杂而无章的过去时光收个尾、留点念，进而尝试在一个新的赛道上去破冰试水。

正如时间是美味的缔造者，20年的时间窖藏与积淀，又适逢新时代文化自信的阳光雨露，作为一名高职人，怎能不对高职教育文化呈现出的勃兴日进之势充满自信呢?

拙著付梓之际，心中首先想到了为本书的出版提供真诚帮助的所有朋友。要特别感谢江苏建筑职业技术学院刘海波副校长，他在了解到文稿的文化方向和育人内容后，对这本书的出版给予了极大支持。要特别感谢江苏师范大学薛深教授，他以仁厚之心，拨冗提笔，勉励后学，为小书增加了沉甸甸的文化分量。要特别感谢本书的合作者王炼老师，我找到王炼老师，初衷本是请他为这些文字配几幅小图，不至于全书“童山濯濯”般的单调，没想到他竟然认认真真地为每篇文稿手绘了图画。还有很多需要感谢的朋友，他们在书稿出版的各个环节，给予了精湛的专业服务和诚挚的关心指导。书稿在所有人的“匠心”浇灌下，汇成了真正的《匠心·雅集》。

今日我们联袂的文学艺术实践，既不惮于个人的浅陋拙朴，也意不在于个人的恣意虚名，力图为高职教育文化鼓与呼，始终是我们不变的初心；力图为高职教育文化育人写与画，始终是我们不变的坚守。

生逢这个伟大的时代！

让我们一起自信向前！

2023 年 7 月 16 日

中国特色高水平专业群建设

建筑装饰工程技术专业群资助项目

作者简介

孙伟，江苏睢宁人，研究员，南京航空航天大学博士研究生。现任江苏建筑职业技术学院图书馆党支部书记、馆长，马克思主义学院兼课教授。长期从事教育管理及高校思想政治教育理论与实践研究，先后在《思想理论教育导刊》《职教论坛》《中国职业技术教育》等发表高水平论文20余篇，出版专著2部。

插画师简介

王炼，安徽砀山人，博士研究生，讲师，清莱皇家大学硕士生导师。现任江苏建筑职业技术学院建筑装饰学院副院长，从事可持续环境设计、传统村落保护与更新、手绘表现等方向的教学和科研工作。系中国建筑学会会员、江苏省美术家协会会员、徐州青年美术家协会水彩（粉）画艺委会主任、徐州建筑文化工程技术中心主任、鲁班古建筑产业学院院长。